小説 みだれ髪

Yoshie Wada

和田芳恵

P+D BOOKS

小学館

目次

帳場格子のなかで

堺市甲斐町《さかいしかいのちょう》の菓子商駿河屋《するが》の娘しょうは、帳場格子にかこまれた帳台を前に、少し前かがみに坐っていた。すぐ上の姉はながとつぐと、間もなく、そのあとを引きついで帳面役になったが、しょうは、そろばんや計数が得意なので、それほど億劫《おっくう》ともおもわなかった。

（お姉さまが嫁入りしたのは、わたしが十二のときですもの。仕事が身につくのもあたりまえね）

しょうは自分に言いきかせながら、せっせと書出《かきだし》を書いたり、手垢《あか》にまみれた大福帳をつけていた。

駿河屋は角店《かどみせ》なので、西と北に紺ののれんをさげた二つの入口から、客が出はいりして、いつも、店先きはたてこんでいた。髪をおたばこぼんに結ったしょうは、近くの宿院《しゅくいん》小学校へ通った。そのころは、男の子と喧嘩しても、まけないほど、やんちゃな娘であった。

そのころ、庭にござをしいた、物静かなままごと遊びにあきた、しょうは、あき樽《だる》をふたつ並べて板をわたし、その上で同級生の勘太とままごと遊びをしていた。

しょうは、

「勘ちゃん、待っておいで」

と言い置いて、菓子の製造場へもぐりこみ、手ばやく餡《あん》を盗んできた。竹皮につつんだ餡がはみだして、しょうのふところにこびりついていた。

桜の花は、風もないのに、はらはらと散りかけていた。

遊び仲間の勘太は、すべすべした桜の幹《みき》へのぼり、皿にするため、葉をちぎってきた。

「しょう子さんの手がきれいだもの、この葉っぱの皿に盛りわけておくれ」

勘太は、ほっそりと伸びた、しょうの指を見た。

「あいよ」

しょうは気がるに答えて、勘太がならべた葉の皿に、器用に餡を盛りつけていった。

「おあがりよ、勘ちゃん」

少し、うわ向きの鼻をふくらませながら、しょうは、得意げに頤《あご》をしゃくった。

勘太は、庖丁をつくる鍛冶《かじ》職の息子であった。

「しょう子さんは、いいなあ。いつでも、うまいもんがたべられて」

食べざかりの勘太が、つぎつぎと餡を平らげてゆく速度を、しょうは快く眺めながら、

「勘ちゃん、そうでもないのよ。売りものは、どこの家だって、大切にするからね。傍《はた》で考えるようなものじゃないのよ。これだって盗んできたのよ。やはり、花よりだんごね。それにしても、この石川五右衛門は、絶景かなと見得《みえ》を切るには、小粒すぎないこと」

と言って、ことこと笑った。

芝居小屋には大阪歌舞伎がかかったばかりで、「楼門五三桐《さんもんごさんのきり》」で覚えた、五右衛門の見得を、宿院小学校の生徒たちは真似ていた。勘太は、印をむすびながら、目玉を寄せることもできた。

「勘ちゃん、絶景かなを見せとくれ」

口のまわりに餡をこびりつかせた勘太の見得には、おどけた愛嬌があった。しょうは、のけぞるようにして、ほほほほと笑いこけた。海からの照り返しを受けた浅黄いろの空を、ゆったりと白い雲が流れていた。散りかかる桜の花びらは、上気したしょうの頬にはりついていた。

「わたしのふところは、餡でべとべとなの」

あぶなかしいが、見晴らしのいい、このままごと遊びを、しょうは、もう、やめようと思っていた。

「どれ、見せとくれ」

勘太は体を乗りだしてきた。

しょうが胸もとをひろげた絹の裏地へ、勘太は尖らせた口を持ってゆき、こびりついた餡を強く吸いはじめた。紅絹《もみ》の裏地は、勘太の歯にしごかれて、きゅっ、きゅっと哀しい音をあげたりした。

短かく刈り込んだ勘太の頭は、日向《ひなた》くさかった。

「勘ちゃん、止して……」

勘太の頭髪が、しょうの小さい、やわらかな胸を、ちくちく刺した。

「後生だから、止してよ」

あえぐように言って、しょうは体をくねらせながら、肌がしっとりと汗ばんできた。眼がくらむようであった。

勘太を押しのけようとした、しょうの腕が、どうしてか、思うようには動かなかった。

「しょう、なにをしておいでだい」

縁側に母のつねがたっていた。

しょうは、くつろげた胸もとをなおしながら、素早く、台から飛びおりていた。

「しょうは、こちらへいらっしゃい。もう、勘太さんと遊ぶことはなりませんよ」

勘太は、つねに向って、へえと小腰をかがめ、低くお辞儀をするや否や、ぱっと逃げ去ってしまった。姿の見えない勘太に、「また、遊びましょ」としょうは声を投げかけた。

しょうは、母の居間に連れこまれていた。

「勘太さんと、なにをしておりました。かくさずに言ってごらん」

つねの顔は、怒りと不安のために蒼白くなっていた。

「なにもしておりません。ままごと遊びをしておりました」

「ただ、それだけ」

つねの眼が、執拗に、しょうの胸もとにからみついてきた。その眼を避けて、壁にはめこんで並べられた、桐の衣裳簞笥《だんす》を、しょうは眺めていた。

「勘ちゃんは、いい子なんです。小学校を卒えたら、鍛冶屋へ弟子入りするそうなんです。どうして、勘ちゃんと遊んではいけないの。お母さまがとめても、わたしは勘ちゃんと遊ぶつもりよ。どうしても、わたし、勘ちゃんと別れるのは、いやです」

「また、しょうの強情がはじまりましたね。言うことを聞かなければ、お父さまに叱っていただきますよ」

しょうの胸のあたりに、まだ、勘太の熱い息づかいが残っているようであった。これは、ほんの偶然がきっかけとなっておきた事件であった。しびれるような快感が、しょうに口をつぐませた。

(男の子が女の子の着物についた餡をしゃぶるなんて、おかしなことだわ。それに、勘太さんをはずかしめることになる)

しょうは、黒い瞳を、またたきながら、青く剃《そ》りおとした母の眉を見つめていた。

「あなたは、まだ、娘ですからね、からだをきれいにしていなければいけません。よいお婿さんをお迎えするまではね」

しょうを追究することを、つねはあきらめたらしかった。

(誰の眼にもつくところで、勘ちゃんとなにができるというのだろう。お母さまの思いすごしよ)

しょうは、まだ、小娘だから、そのなにがの意味は、はっきりわからなかった。ただ、大人の世界では、禁断であるらしかった。うっとりとするような、あのいい気持が、なぜ、いけないのだろう。しょうの胸に小さな秘密が芽ばえたようであった。

錬羊羹「夜の梅」で、名の知れわたった駿河屋は、しょうの父鳳《ほう》宗七で二代目だった。祖先が堺から南へ半里ばかり離れた鳳《おおとり》村の出なので、それにちなんで、明治になってから名付けた。漢学の素養があった宗七の気取りで、「ほう」と読ませたらしい。

「しょう子さんのところは、帰化人なの」

と、友だちから訊ねられたりした。

「お父さま、学校でからかわれるのよ。どうして、鳳なんて言いますの」

「今は泉北郡というが、もとは大鳥郡と言った。大きな鳥という字が当てられている。ここに鳳という小さな部落があって、お先祖さまが暮しておられた。もっと、むかしは、大鳥郷《おおとりのさと》と呼ばれていたということだ。大鳥神社がまつられているからじゃろう。この御社《おやしろ》は和泉国《いずみのくに》の一の宮で、したがって、格式高い官幣大社に列せられている。日本武尊《やまとたけるのみこと》をおまつりしてあるのじゃ。しょう、なんで、帰化人であろうぞ」

宗七は晩酌《ばんしゃく》をかたむけながら、

「鳳という苗字はきらいか」

と、しょうに聞いた。鳳という字づらは、なんとなく、しょうも好きであった。

老舗《しにせ》駿河屋は京都の伏見が本店で、大阪の淡路《あわじ》町に駿河屋の分家があった。伏見から、この分家に派遣された大番頭に、越後生まれの実直な善六《ぜんろく》がいた。善六は宗七の父で、堺の甲斐町に駿河屋を開いた。

弘化四年生まれの父親宗七から、古い昔の話をきくのが、しょうのたのしみでもあった。

母のつねは、同じ甲斐町に住んでいた阪上喜平の次女で、嘉永四年に生まれた。

明治三年、つねは宗七の後妻に迎えられた。先妻のあいだにできた長女てる、次女のはながいた。明治五年に、長男秀太郎が生まれてから、つねは、なさぬ仲の子供たちが、ひがまないようにとひたすら心掛けて育ててきた。

鳳家は、代々、次男が家業を継ぐ、しきたりになっていた。しょうの父宗七も、次男に生まれたばかりに家業を継いでいた。

長男に生まれた者は、家の仕事から離れて、自由に好きな道を選ぶ特権があった。

しょうは、明治十一年の暮れも押しつまった十二月の七日に生まれた。

そのふた月前に、次男の恭二郎が夭折《ようせつ》した。恭二郎をうしなった宗七の嘆きは、つねの眼にも異常と思われるほど深かった。

しかし、宗七の悲嘆は、自分が血をわけた恭二郎の死よりは、駿河屋の後継《あとつぎ》をうしなったということなのであった。

秀太郎を学者にするつもりであった。

「これで、駿河屋も滅びるかもしれない」

宗七は、薄暗いランプの下で、寝床に肚《はら》ばいながら、不吉なことを考えているらしかった。

「あの子が死んで、どんなにお力おとしかは、愚か者のつねにもわかります。しかし、これも前世の約束事でございましょう。ねえ、あなた、今度の子は、きっと、男の子にちがいありません。お腹のなかで、こんなにも、あばれまわるんですもの。それに、顔のやつれも、ひどいと言われますし」

臨月に近いつねは、ことさら、身だしなみに気をくばっていた。鉄漿《かね》をつけた歯なみをのぞかせた唇には、つよく紅《べに》がきわだっていた。瞳がやさしく、うるんでいた。

「ねえ、ちょっと、手をお借しになって、突きあげて来るのは、お腹の子の腕でしょうか、脚なんでしょうか」

つねは、自分の寝床のなかへみちびきいれた宗七の手に、胎児の動きを触らせながら、

「ねえ、やはり、男の子でしょ」

と、やさしく言った。

「ばかな奴だな、お前さんという女は。生まれて見ないうちは、知れたもんか」

三女のしょうが生まれて、お七夜が過ぎると、宗七は家に居つかなくなった。しょうは三女

だが、つねにとっては、はじめての女の子であった。

つねは産後の肥《ひ》だちが悪く、ふた月ほどは床あげもできなかった。

姑《はは》のしづは、

「宗七は、どこかの女に後継を生ませるつもりかな。あきれた奴だ」

と、つねの病間で、がなりたてたりした。

しょうは、夜も昼も泣きどおしで、癇《かん》の強い赤ん坊であった。つねは、心痛のため、乳があがっているのに気づかずにいたのであった。雇《やと》い乳母《うば》の乳房から、遅れをとりもどすように、赤ん坊のしょうは、ごくごくと音をたてて飲んだ。

(旦那は、いまごろ、どこにいるのかしら。茶屋遊びに憂さをはらしているのだろうか)

つねは、心が弱っていた。

どうやら、家に落ちつくようになった宗七の機嫌をそこなわないために、つねは、しょうを乳母といっしょに柳町の妹の嫁《とつ》ぎ先きにあずけた。柳町は、「五郎鯛」という魚の問屋であった。店をしまい、姑のしづが寝息をたてる頃を見はからって、つねは裏木戸から、そっと脱けだすのであった。しょうに逢いに行くためであった。

甲斐町から柳町までの道程《みちのり》は、十四、五町はあった。柳町の家へ近づくにつれて、つねは足早やになった。

乳のでないつねの乳房に吸いつきながら、しょうの気持はなごむのであったが、それも束の間、火がついたように泣きたてた。

つねは、しょうを抱いてあやしながら、住吉の松原が見えるあたりまで、ゆさぶりつづけることもあった。

しょうが三つになった明治十三年に、弟の籌三郎《ちゅうざぶろう》が生まれた。

「これで、やっと、駿河屋の跡目《あとめ》ができました。しょうは鬼子でもないのに、長いこと、かあいそうな目にあわせました」

つねは、もの静かに言ったつもりだが、宗七の胸をさす恨みがこもっていた。

「もう、いいわな。早う、連れて来んか」

宗七は威猛高《いたけだか》に言った。籌三郎が生まれて、古風な宗七は祖先に顔向けができると思ったらしかった。

宗七は蔵書家で、よく本も読んでいた。それなのに因習にこだわるのは、堺が保守的だったからであろう。市会議員も長いあいだつとめ、堺切っての大旦那であった。俳句も作れば、また、画も描いた。

駿河屋の名菓「夜の梅」の名付け親も、宗七なのであった。

つねは、古い伝統を持った堺に生まれ育ったので、お茶、いけ花、遊芸一般に通じていた。

足利時代から信長、秀吉、家康のころにかけて、堺の港町は、海外貿易の中心であった。自由都市として、絢爛豪華な桃山文化を生みだす財力と豪胆さをそなえた豪商が軒をならべていた。

三味線がはじめて渡ってきたのも、また、武士の戦闘を近代化した鉄砲を、逸早《いち》く国産化したのも堺であった。

隆達《りゅうたつ》がはじめて手掛けた小唄という形式、隆達節を唄いだしたのも、この町であった。千利久《せんのりきゅう》が生まれたのも、堺であった。

しかし、進取の気性に富んだ町人の城であった堺は、鎖国以来、商業都市としての繁栄を、根こそぎ大阪に奪われてしまった。

しょうの生まれたころ、堺は黴《かび》くさい匂いのこもる灰いろの町になっていた。保守的な因習が重んじられ、和漢の古典が伝習され、家元制度が尊重される堺は、創造する喜びを忘れてしまった空虚さが占めていた。

家族制度がもたらす階級意識に、がんじがらめになっていた。

しょうが九歳になったとき、樋口朱陽が開いている町の漢学塾にはいり、四書五経の素読を受けた。また、三味線、琴などの稽古にも通った。

十一歳で宿院小学校を卒《お》えたしょうは、高等科から堺女学校に転入学した。女学校を十五歳で卒業したのち、補習科に通った。これは花嫁学校のようなものであった。しょうは、堺の町家の娘たちと同じ教育をうけたのであった。

女学校にはいったころから、しょうは、倉の長持の上にすわって、わずかに陽のさしこむ明り窓をたよりに『源氏物語』を読みはじめていた。

堺女学校では、国学者の小田清雄が国語を受け持っていたが、しょうに文学の素晴しさを知らせたのは、駿河屋の庫《くら》のなかに眠っていた、おびただしい蔵書であった。

帳面役のしょうは、夜の十時まで店先きで働らいたが、居間にもどって、寝床にはいる前の二時間を、読書に割《さ》いた。そして、この日課を実行しつづけたのであった。

木版本の『源氏物語』は、娘のしょうには、読みくだすだけでも、大へんな努力であった。しかし、虚仮《こけ》の一念であろうか、読み返しているうちに、霧がたちこめたように朧《おぼろ》げではあったが、王朝の恋物語りが、しょうの頭のなかに形をなしてきた。

読書に疲れて、眼をつむると、葵《あおい》の上や夕顔のおもかげが、ほの白く浮かんできたり、光りかがやく源氏の君の、恋のささやきが聞えて来るのであった。

「身をやくような、はげしい恋をしよう。わたしの傍《そば》へお出で」

夢まぼろしのなかで、源氏の君は、しょうに呼びかけてきた。

「家の掟《おき》てがきびしくて、この世の恋はあきらめました。あなたの恋の娘《こ》にしてくださいませ」

幻覚と幻聴に、しょうは身をまかせながら、源氏の君となら、恋死してもくやまないと思った。かすかに、海鳴りが聞えてきた。風は荒れているらしかった。遠い潮が岸へ寄せる響きを、しょうは指を折って数えていた。

赤い扱《しごき》を首にまきつけて、しょうは寝た。知らないうちに、死ねそうな気がした。遠いあの世で、源氏の君と添寝《そいね》するためには、いのちを断つことだと思ったりした。

『大鏡《おおかがみ》』や『八代集《はちだいしゅう》』それに『栄華物語』などにも、しょうは眼を通した。教わる人もなく、また、註釈書もないままに、乏《とぼ》しい学力で読むのだがら、判《はん》じものを解くような気持であった。「しがらみ草紙」「めざまし草」「文学界」などを、しょうは、小遣をさいて、東京から取り寄せていた。

東京帝国大学の理科に学んでいる兄の秀太郎から、毎月「帝国文学」が送られてきていた。尾崎紅葉や幸田露伴、樋口一葉の小説などを読みあさっていたしょうは、小説を書こうと思っていた。

前垂れ掛けの商家に生まれたしょうは、自然よりも、人間に興味を持っていた。菓子職人や雇女、店の御用聞などといっしょに立ちはたらいているうちに、しょうは、人間のひとり、ひとりが、みな、ちがった生き方や考えを持っていることに気づいてきた。小説の世界から、世の中を眺める癖がついていたしょうは、自分にも気づかない心の深淵をのぞくこともあって、

「お嬢さんはこわい人よ」

などと、召使から陰言《かげごと》されていた。

雑誌は月極めではなく、一年分をまとめて払い込んでいた。しょうに好意を見せている仲働きのお若は、郵便受のところにたっていて、東京からおくられてくる雑誌を、逸早く、帳場へ届けてくれたりした。

まだ、活字のインクの匂いが強い雑誌を、しょうは、ぱらぱらとめくって、

「夜になるのが待ち遠しい」

と、言ったりした。

「堺で、もう、ひとり、この雑誌を取っている人がいるそうです」

お若に郵便配達が教えたのだろう。

「どなたかしら、文学界をお取りになっているのは」

しょうは、少し気になっていた。

その人は、北旅籠《はたご》町に呉服商をいとなんでいる河井又平であった。屋号を河又《かわまた》と言った。

「河又の若旦那は、金にもならない詩を書いてどうする気だろう。あれでは、せっかく苦労して育てあげたお祖母さんが気の毒だ」

山田美妙が編集した『青年唱歌集』に、酔茗《すいめい》と号した又平の詩が収録されたのは十七のときであった。詩人としての将来を約束された又平は、東京へ出掛けては、そのたび、祖母に呼びもどされていた。十九歳で従妹と結婚させられた。

東京の内外出版協会から出ている文芸投稿雑誌「文庫」の詩の選者だった河井酔茗も、町内では、こまり者にされていた。

度の強い眼鏡をかけた又平は、長い冬眠からさめた蟇《がま》のように、浮かぬ顔で店先にすわっていた。

明治二十九年の暮、秀太郎から妹のしょうに手紙がきた。母のつねの名で、新らしい正月着をおくったのが届いた礼状であった。それに、元旦からはじまる尾崎紅葉の『金色夜叉』の前評判が高いので、掲載紙の「読売新聞」をおくると書き添えてあった。

母親に読んであげるようにと秀太郎は、やさしい心遣もみせていた。

「まあ、秀太郎がねえ、勉学にいそがしいなかを、わざわざ、新聞を送ってくれるなんて」

つねは、母親想いの秀太郎の気持を素直に受けとっていた。

「未《ま》だ宵ながら松立てる門は一様に鎖籠《さしこ》めて、真直《ますぐ》に物の影を留めず、いと寂しくも往来《ゆきき》の絶えたるに、例ならず繁き車輪《くるま》の輾《きしり》は、或《ある》は忙しかりし、或は飲過ぎし年賀の帰来《かへり》なるべく、疎《まばら》に寄する獅子太鼓の遠響《とほひびき》は、はや今日に尽きぬる三箇日を惜しむが如く、其の哀切《あはれさ》に小き腸《はらわた》は断《たた》れぬべし。……」

と、書き初められた『金色夜叉』を、文章の練習のつもりで、しょうは筆写したりした。

文芸新聞といわれるだけに「読売新聞」の学芸欄はさすがに充実していた。しょうは、中央文壇の事情が手にとるようにわかるので、うれしくてならなかった。

「春浅き道灌山の一つ茶屋に餅食ふ書生袴着けたり」という短歌を見つけたのも、「読売新聞」であった。明治三十年の春、しょうはたちになっていた。清新な感動が身うちをはしった。作者は与謝野鉄幹《よさのてつかん》という人であった。

なんの飾りけもなく、ただ、思いのままを投げつけたような歌が、どうして心を捉《とら》えるのだろう。しょうはふしぎでならなかった。

東京に遊学している秀太郎と印象がかさなったせいかとも、しょうは疑ってみたが、それとも違うようであった。

もし、これが歌なら、わたしにも詠《よ》めそうだと、しょうは思った。

『新古今集』が、新らしいような気がしていたしょうは、急に新らしい歌をつくることはできなかったが、見たまま、思ったとおりにつくれば歌になるという確信を得てから、和歌をよむのが、たのしみになった。

この年の暮、堺の敷島会へ応募したしょうの和歌が一首入選した。これは、敷島会の主催で「ちぬの浦百首」を募ったとき、一千首あまりのなかから選ばれたものであった。

しょうは、締切がせまったが、まだ、出そうか、出すまいかと迷っていた。

もう、仕事が終えて、ひっそりとした菓子製造場のなかで、大きな真名板《まないた》へ頬づえをつきながら、しょうは、いくつかの歌をつくってみた。この大真名板は羊羹をつくるところなので、羊羹場と呼ばれていた。

やっと、できあがった「小倉山ふもとの里はもみぢ葉の唐紅《からくれなゐ》のしぐれふるなり」という一首に、しょうは、「落葉似雨《らくえふはあめににたり》」という前書を据えて、清書にかかった。

仲働きのお若を呼んで、いっしょに散歩に出掛けた。娘の夜のひとり歩きは禁じられていた。

ポストに郵便をいれてから、しょうは、たしかめるように耳をすましていた。

「お嬢さま、どなたか好きな人にお出しになるのでしょう」

「ええ、そうですとも、お若、はたちになったんだもの、恋人ぐらいいてもいいでしょ」

しょうは、落選したら、誰にも黙っている気であった。

選者は渡辺春樹という敷島会の会長であった。しょうは、作者名に鳳晶子と書いた。ピラミッド型に築《きず》かれた晶という字は、重たい鳳とつりあって、どっしりとかまえていた。しょうは、自分でつくった歌よりも、筆名の鳳晶子にひかれていた。

晶子の和歌が「ちぬの浦百首」に選ばれて、心から喜んだのは、父親の宗七であった。

駿河屋は錬羊羹で知られていたが、そのほかに「罌粟《けし》もち」「牛皮《ぎゅうひ》」「茅渟《ちぬ》ヶ浦」それに「皮むき饅頭」などが名物であった。

娘が詠んだ、ちぬの浦が入選したのは、名菓「茅渟ヶ浦」の駿河屋にとって縁起がよいというのが宗七の考えなのであった。

「姉さん、よかったね、おめでとう」

手を粉だらけにした弟の籌三郎は、めくら縞《じま》の筒袖の仕事着で、製造場でたちはたらいていた。

職人に手をぬかせない眼を養うために、後継は、ひととおりの仕事を覚える必要があった。

腕のよい職人の岩吉に、

「年期あけを迎えるまで、籌三郎を若旦那あつかいしてはだめだぞ。へまをしでかしたら、ごつんと拳固《げんこ》をくれてやれ。なあ、わかったな、岩吉」

と、宗七が申し渡して、籌三郎を見習につけた。宗七も、やはり、若いころは、同じ苦労をしたのであった。

晶子は、雲をつかむ気持ではあったが、すぐれた文学者になりたいと思っていた。

薄くれないの

明治三十一年の十二月に、浪華《なにわ》青年文学会堺支会ができた。浪華青年文学会から「よしあし草」という機関誌が出ていた。

堺支会の中心は河井酔茗で、河野鉄南《てつなん》や宅雁月《たくがんげつ》などが加わっていた。

雁月は、柳町にあった「また六」という酒問屋の息子で、名を千太郎と言った。千太郎は晶子の弟籌三郎と同じ小学校に学び、晶子より一つ年下であった。

千太郎は、子供のころから、駿河屋へ、よく、遊びに行っていた。

「籌さん、いるかい」

外の明るさになれた千太郎の眼へ、晶子の顔がほの白く浮かんできた。

「千太さん、なんの御用、籌三郎は仕事場ですけど、呼んできましょうか」

「まあ、いいですよ。晶子さんにお願いしておきましょう。そこまでお邪魔していいですか」

「お金のことなら、おことわりですよ」

千太郎は、つかつかと帳場格子へ近づきながら、

「ちがうんだ。小遣を借りに来たんじゃないよ」

と、おどけて、手を振ってみせた。

千太郎の顔は、半分近くが額にあてられていた。利巧《りこう》には見えたが、いつも、軽口をたたくので、頼りにならない青年という感じを晶子にあたえていた。それだけ、気楽に話せる相手でもあった。

「今度、よしあし草の支会を作ったんだ。その世話人なので、会員の勧誘にまわっている。そこで、相談だが、籌さんにもひとつ、はいってもらいたいと思ってね。晶子さんから、すすめてみてくれないか。文学をやるのも、商売のたしになるとおもうんでね」

「よく、わかりました。千太さんの御期待にそうようにいたしましょう」

晶子は、なぜ、千太郎が自分を誘わないだろうと不満であった。娘たちは、夜の出歩きが禁じられているからだろうと思った。

千太郎は、晶子が目当てであった。そのために、まず、籌三郎に白羽の矢をたてたのであった。姉思いの籌三郎が、だまっておくはずはないと千太郎は決めていた。

籌三郎は、

「姉さんも、はいるなら、お付きあいに名をだしてもいい。あまり気乗りはしないが……」

「せっかく、千太さんがすすめにきてくれたんだもの、籌さん、仲間になったら、どう?」

籌三郎は堺支会に入会したが、これは幼なじみの千太郎へ義理をたてた気持であった。

堺支会は新らしい会員をふやすために懸賞で、課題詩「春月」の募集をした。選者は河井酔茗であった。

「姉さんも入会して、詩をだしてみたら、どうだろう」

籌三郎は、前の敷島会のこともあるし、晶子が入選するにちがいないと信じていた。

晶子は、島崎藤村の『若菜集』を読んでいた。

晶子が鳳小舟という名で応募した新体詩は当選して「よしあし草」の明治三十二年二月号にのった。

「春月」は次のようにはじめられていた。

別れてながき君とわれ
今宵あひみし嬉しさを
汲てもつきぬうま酒に
薄くれなゐの染《そめ》いでし
君が片頰にびんの毛の
春風ゆるくそよぐかな。

晶子は、堺支会にはいった挨拶と、「春月」が入選したお礼をかねて、河井酔茗を訪ねることにした。手みやげの羊羹を持ったお若がいっしょに付き添っていた。まだ、嫁入り前の良家の娘が、ひとりで、男のもとを訪ねる習慣はなかった。

晶子は、大柄なからだを、はで好みらしい紫地の丹後《たんご》ちりめんでおおっていた。牡丹の花が胸のあたりに咲き、裾の近くに唐獅子が眠っていた。この大胆な柄は、誂《あつら》えて染めたものであろうと、河又の若主人の酔茗は思った。

「鳳晶子です。先生には、いろいろお世話になりました。将来ともよろしゅう、お願い申しあげます」

晶子は、きちんと女学生のように、きれいなお辞儀をした。

「これは、どうも、ごていねいなことで、こちらこそ、どうぞ、よろしく」

酔茗は、晶子に座ぶとんをすすめたり、妻にお茶を持ってくるように言いつけたりした。

肉づきのよい晶子の膝はもりあがり、なまめかしく匂っていた。

「春月には、少し手をいれさせてもらいました。あなたは、藤村の詩の影響をうけているような気がしました」

「ええ、『若菜集』を読んで、とても、好きだったもんですから。知らないうちに真似てしまったのでしょうか」

晶子の前歯は、少し外側へ突きだし加減であった。

「誰でも、はじめは、模倣から出発すると言いますからね。ただ、誰を手本にするかが問題なのです。そのうち、自分のものが、きっと、でてきますよ。あなたは、素質がありそうなので、たのしみにしています。どんなものが、お好きですか」

「わたし、まだ、小さいときから『源氏物語』を読みはじめまして、そうでございます、もう、三度ほど、読み返したでしょうか」

「そうですか。あんなむずかしい古典を読まれるなんて、そんな会員は、ひとりもいないでしょうな。新らしいところでは……」

「文学界の、若い人たちのものが好きです」

酔茗は二十六歳であった。晶子が、東京から新刊書や文芸雑誌を取り寄せ、中央の文壇事情にも通じているのに、ふしぎな気がした。

酔茗は、

「あなたは、きっと、ものになる。期待しますよ」

と晶子に言った。

「どうぞ、弟の籌三郎も、よろしくお願いします。長らくお邪魔いたしました」

酔茗は、駿河屋から出ている皮むきまんじゅうが好きだと言ったのをしおに、晶子は腰をあげた。

四つ年上の酔茗が、おとなびているのは、家庭を持っているからだろう。堺の呉服店の主人として、このまま老いさせるのは惜しいことだと晶子は思った。

晶子は、陰欝で、無秩序な駿河屋をのろっていた。

いつも、酒の匂いの消えない父親の宗七の生き方も、いやであったし、また、それに無批判に仕えている母親のつねもくだらないと思った。

職人たちは、ふところが温いうちは、夜遊びに出掛けていた。

「くさった水にかわれた金魚みたい。ああ、いやだ、いやだ」

晶子が両親と喧嘩ごしに掛けあって、京都の女学校へあげた妹の里が、口をうわむきにして、ぱくぱくと金魚があえぐ真似をしたことを思いだしたりした。

「お若、この土地が好きですか」

晶子が聞いた。

「住みなれたところですもの、好きですよ。お嬢さまは、きらいですか」

「わたしは、遠い、遠いところへ行ってみたい。親類縁者は、けちでなければ、ごうつくばりだし、だらしがなくて、こんな無趣味な町は、大きらいよ」

お若は、晶子の銀杏返《いちょうがえ》しにゆった顔を眺めながら、

「そんなものでございますかね」

と、言った。

「わたしどもから見ますと、おしあわせすぎると思いますけどね」

晶子は商家の娘にうまれたことを悔いていた。それは自分を殺した、あなたまかせの生き方だからであった。

店先の帳場にすわって、客には愛想よくしていたが、晶子はいつも孤独であった。

誰にも、理解されない、もどかしさを感じていた。

「よしあし草」は、晶子の慰めの場になっていた。そこには、ひと握りほどの少ない数でも、きっと、心から、うちとけて話しあえる仲間がいるにちがいないと思った。

晶子の和歌が「よしあし草」にのったのは、八月号であった。

里川《さとかは》の清き調《しらべ》をたえずききてしづかに眠る塚の主《ぬし》やたれ
という一首であった。塚（二十一首）のなかに選ばれていた。

このなかに、
幾万の屍《かばね》埋めし塚の上を都と呼びて人の住まへる
と、いう鉄南の歌もあった。

鉄南は、河野道該《みちとも》と言い、九間町の覚応寺の若い住職であった。浄土真宗は世襲なので、子供のいない叔父母が通該を養子に迎えたのであった。

覚応寺は、河野通有の子通元がひらいた寺で、通元の法名覚応にちなんだ名刹《めいさつ》である。

「そんな繰《く》り言《ごと》はむかしの夢さ。腹のたしにもならない」

通該は、養母とふたりの暮しにこまって、代用教員になったりした。

鉄南の塚の歌が、皮肉とも厭世的にも晶子には思われた。鉄南は二十六歳であった。堺支会では、よく、鉄南の文才が噂になっていた。

若い娘の晶子は堺支会のあつまりには出席できなかった。

「鉄南って、どういう人」

晶子は籌三郎に聞いてみた。

「雁月が、いつか、泉鏡花に似ているといっていた。仲なかの美青年だな。もの静かな人だよ」

駿河屋へ法事のまんじゅうを誂えることもあるそうであった。

「覚応寺は、檀家《だんか》の数が少ないらしいぜ。お袋さんがきて、自分で持ちかえる程度だもの、しれたものさ」

晶子は、家にしばられて生きる鉄南を、かあいそうだと思った。

晶子にも、これまで、いくつか縁談があった。相手は、どれも、商人の息子であった。

「まだ、お嫁に行く気がしません」

晶子は、そのたび、素っけなく、ことわった。

「お前、いくつになったと思っているんです。もう、二十二じゃないか。そろそろ身をかためなくては、取りかえしのつかぬことになりますよ」

晶子が、なにを考えているものやら、つねは、わからなかった。

わがままな娘ときめつけるには、晶子は、しっかり者で、帳場の仕事は、てきぱきと片づけていた。

「駿河屋が、腕のたつ娘帳場を、ひとり、抱えていると思えば、それで済むことじゃない。くよくよしても、はじまりませんよ」

つねは口ごもるしかなかった。晶子が生まれたとき、叔母のところへ里子にあずけたせいかもしれないと思ってもみた。

遠くのひと

明治三十三年一月三日、浜寺の鶴廼家《つるのや》で、堺支会会員の新年宴会が催《もよお》されることになった。河井酔茗を中心に、河野鉄南、宅雁月、小林泉舟、辻本秋雨、中山琴風、石割眉葉など二十名あまりの参加者があった。女子会員は晶子ひとりであった。

中山琴風が受付の役を買って出た。

「会費を払わない奴は、おっぱらってやるさ」

医学生の琴風は、偉丈夫であった。晶子は、はじめての宴会にのぼせていた。

「受付は、こちらですぞ」

「はい、すみません。鳳晶子と申します」

晶子は、男たちの、こんな集りに来るべきではなかったと悔いた。

「晶子さんではないですか。よくお見えになりましたね。あなたは紅一点なので、みな心待ちにしていたんです。さあ、おあがりください」

宅雁月は、晶子の手をとらんばかりにして迎えてくれた。

「僕は連絡係だから、会がはじまるまでは落ちつけない。誰かに相手をつとめさせましょう」

末席にひかえている晶子を、河野鉄南のところへ連れて行った。

「僕が、いちばん親しくしてもらっている女性の鳳晶子さん、河野君、僕の身代わりにお相手を頼みますよ」

晶子は、軽く頭をさげた。鉄南は、あいている隣りの座ぶとんをすすめながら、

「どうぞ」

と言った。鉄南は眼鏡の奥から、やわらかな眼差をおくって、しずかに晶子へ笑いかけてきた。

(雁月という男は、つまり、あんな人柄なのだ)と、鉄南が考えているらしかった。

晶子は、鉄南のそばにいて、自然に心がなごんできた。

河井酔茗から挨拶があった。それは、堺支会を発展させるため、「新星会」と名づけた新らしい組織にしたいという提案であった。

詩欄の選者で記者も兼ねている「文庫」の外に、「よしあし草」の詩歌欄の選者の位置にいる酔茗は、「新星会」になれば、「文庫」にも、会員の作品が発表できる見通しをつけたからで

あった。この外に「大阪毎日新聞」や、薄田泣菫《すすきだきゅうきん》の編集する「ふた葉」なども、作品掲載の話しあいができていた。

この提案が、出席者から賛成されたのは当然であった。これで、懇親をかねた新年会の目的は、遂げられたようなものであった。

酒宴にはいって自己紹介などがあった。

順番がまわってきた雁月は、「女性会員の数を、もっと、ふやして、来年の新年宴会には、紅白のかるた試合をやりたい。それには、新らしい趣向がある。みんなが恋の歌を持ち寄って、それを書き込んだかるたを作ったら、どうだろう。恋の歌なら、鳳晶子さんが、誰を相手に詠むだろう。もし、お目当てがなかったら、この宅雁月をどうぞ」と言った。

みな、げらげらと笑った。

晶子は、自己紹介のとき、かすれたような声で「鳳晶子でございます」と、言ったきりで坐った。それを雁月が補足したつもりであった。悪意はなかった。

東京新詩社の与謝野鉄幹が寄せた激励の手紙の朗読もあった。

「去年の三月二十二日のことです。たまたま、来遊した鉄幹から呼びだしがかかり、僕は雁月たちを誘って、高師《たかし》の浜で落ちあい、徹宵《てつしょう》痛飲して、詩を談じました。新星会ができたのは、酔茗さんの人望によることですが、そのきっかけは、この会談だったと思います。鉄幹は情熱漢で、自分の理想は、どしどし実現する男ですからね。東京新詩社をつくって、機関誌を、もう、そこから出そうというのですから」

東京新詩社は、明治三十二年の十一月三日に誕生した。この日は天長節であった。社則には、翌年の一月に機関誌「明星」を創刊するとうたっていた。この「明星」から「新星会」という会名を思いついたのであった。

「どうして、あなたさまは、与謝野さまを御存じですの」

と、晶子は鉄南にきいた。

「鉄幹ですか、遠里小野《うりおの》の安養寺へ養子に来たことがありましてね。十一歳のときです。足掛け四年ほどおりましたでしょうか。神童といわれていた鉄幹と、じき、親しくなりました。安養寺は西本願寺派で、同じ宗門の関係から、養父の安藤秀乗と僕の父が親しかったからです。鉄幹のおさななじみのなかで、僕が、いちばん、長い付きあいになると思います。鉄幹は、僕より、ひとつ年上です」

大阪府下住吉の遠里小野村は、堺市の北を流れる大和川を渡った、すぐ近くにある部落であった。

大和川にかかった橋のほとりに、肌をなめらかにするといわれる古い井戸があった。

晶子は、この井戸から貰い水して、顔を洗っていた。

「鉄幹は、そのころ、安藤寛《ひろし》と言っておりました。寛の名付け親は、幕末の志士の面倒をみた蓮月尼《れんげつに》だと言っておりました。父の礼厳《れいごん》は西本願寺派の学僧で、歌人としてもすぐれ、天田愚《あまだぐ》庵《あん》も、弟子のひとりです。寛は、京都市外の岡崎にある願成寺《がんじょうじ》で生まれました。西の岡崎御坊といわれた願成寺も、明治維新後の廃仏棄釈《はいぶつきしゃく》騒ぎで取りこわしにあったそうですから、礼厳は、この復興に努めたのでしょう。いろんな事業に手をだしたが、ひとつとして成功せず、借財は重なって、寺を手ばなす羽目になりました。

寛の流浪《るろう》は、このときからはじまったもので、安養寺に迎えられる前にも、どこかの寺に貰われていたそうです。もともと、素養はあったのでしょうが、堺の河井坤庵《こんあん》や高木秋水の塾にかよってから、めきめきと漢詩の腕をあげ、十二歳ごろには、漢詩の会や書画会などに引っぱりだされ、寛は神童の名をほしいままにするようになりました。大阪から出ている漢詩の雑誌『桂林余芳』にも作品がのるようになりました。

漢詩人、画家、歌人などの大人と付きあいがひらけた寛は、朝の勤行《ごんぎょう》や、使い走しり、掃除などの小僧ぐらしが、いやになったようです。

寛は、急におとなびて、僕は威圧されるように思いました。肩をあげて、気おった歩き方をする寛でしたが、うしろ姿のさびしいのは、孤独だったからでしょう。

もう、安養寺をつぐ気がなくなった。詩人としてたちたいと、寛は、やがて、僕に打ちあけるようになりました。鉄幹という雅号をつけたのも、その頃だったでしょう」

安藤寛が天才少年漢詩人鉄幹になってゆく姿を、鉄南は、遠く思い浮かべているようであった。

「あなたの鉄南という雅号は、鉄幹とお揃《そろ》いで付けたのとちがいますか」

と晶子はたずねた。

「いやあ……」

あいまいに答えて、鉄南はてれていた。

「寛が、十四の春、安養寺を飛びだして、いちばん上の兄さんのところへ逃げてゆきました。もっと、上級の学校へすすみたいと思ったのでしょうね。それから、山口県の徳山女学校の国漢の教師になり、そんな便りを呉れたかと思っているうちに、東京へ出て、落合直文《なおぶみ》の弟子になりました。寛が、はたちのときでした。落合先生には、ずいぶん、よくして頂いたらしいのですよ。先生をかついで、浅香社をつくり、新らしい和歌の運動をはじめて、鉄幹は、その急《きゅう》先鋒《せんぽう》になりました。これも、先生の御世話と聞きましたが、『二六新報』の記者になり、日清戦争がはじまる直前に、その新聞に『亡国の音』という劃期的な評論を八回にわたって連載し、御歌所派の歌人に痛棒《つうぼう》をくらわせました。これには、『現代の非丈夫的和歌を罵《ののし》る』というサブ・タイトルがついているように、国民精神昂揚をふまえた、ますらを振りの歌を主唱したのです。新聞記者らしい敏感さで、時代の動きを素早く見抜いたのでしょうね。これは、よほど、得意なものだったでしょう、鉄幹は、新聞の切り抜きを、僕のところまで送ってくれました。

実作でも、ますらを振りを発揮するので、虎の鉄幹とか、虎剣流などといわれるようになりました。『韓山《からやま》に、秋かぜ立つや、太刀なでて、われ思ふこと、無きにしもあらず』とか、『から山に吼《ほ》ゆてふ虎の、声はきかず。さびしき秋の、風たちにけり』など、国士風な和歌を発表したからでしょう。

日清戦争が終ったばかりのころ、朝鮮の京城へ行き、乙未《いつび》義塾という日本語学校の教師になりました。これは、直文の弟の鮎貝槐園《あゆがいかいえん》がはじめたものです。日本語を早く覚えさせるために、日本唱歌をうたわせたりしたそうです。この年の十月おこった朝鮮王妃閔《びん》氏暗殺事件に関係があるという疑いで、鉄幹は、日本に護送されたが、無関係とわかって、罪にならなかった。しかし、憂国の志士として、かなり、暗躍したのでしょう。処女詩集の『東西南北』を見れば、た誰でも、そんな気がするでしょう。三国干渉の結果、国論が沸騰して、朝鮮問題に関心があったせいか、この詩集は、本人が思いもおよばぬほどの売れゆきを示したそうです」

鉄南は、静かに盃を口にはこぶ人であった。声もひくく、考えながら、話す癖があった。

「高師の浜で、鉄幹は言っていましたね。『亡国の音』では恋歌を、ぴたりと否定した。あのときは、あれでよかったが、時流がかわったからな。今度の『明星』は、どの手でゆくか、それに思いを傾けているところだとね。どんなことを考えているか、僕には、わからないけど」

晶子は、鉄南に逢えてよかったと思った。

「いやに、おしめやかだね。ふたりは恋をささやいているようだな。晶子さん、初対面の鉄南がそんなに、お気にいりましたか」

「いやですよ。千太郎さん。歌の話しをお伺いしていたところですのに」

酒がまわったせいか、雁月の足もとは、少しよろめいていた。

「酒で洗った眼は冴えているからな。こうとにらんだら、千太郎の眼にくるいはないのさ」

雁月は、わざとのように晶子の肩に手を置いて、傍らに坐り込んだ。

「雁月君、きょうは、おつかれさんでした。まあ、ひとつ、受けてくれ」

鉄南は銚子《ちょうし》を持った。

遠くから酔茗が、晶子を手招ぎした。

「娘さんは、長居をしてはなりません。うちで、心配なさるでしょうから、そろそろ、お帰りになってはいかがですか。これからということもございますから」

さすがに、酔茗は、妻帯者らしい分別があった。

「では、おいとまいたします。どなたさまにもよろしゅう」

と、晶子は、酔茗に別れを告げた。俥《くるま》は待たせてあった。浜寺は堺から一里あまり南へさがった、景勝の地であった。海辺には古い松林がつづき、遠くに須磨《すま》、明石《あかし》の海岸、淡路島などが眺められた。

匂いあるしずく

晶子は、浜寺の新年宴会で、河野鉄南から、心のこもったもてなしを受けたと思い、その日のうちに礼状を書いた。

――鉄南様と御名のみ承り居り、日頃は如何《いか》ばかりの、たけしびとにおはすらむと、御うたにおののきをりし身の、女とへだてさせ給はで、やさしくいたはり給はる御こゝゑに接せし御事、世にもうれしく忘れまじきもの、ひとつに数へ申すべく候。……

書きおえた手紙を読み返しながら、晶子は、これが本音なのだろうかととまどった。

いつもの自分とちがった、ひもじいものがふくんでいる。あわれみを乞うのとはちがうけれども、腰をかがめている書きぶりになっていた。これが恋というものなのかもしれない。

晶子は思いきって、このまま書きなおさずに鉄南へ出すことにした。

自分の住所は書かず、鳳小舟にした。

もし、返事がもらえるなら、文学会とだけ書いてほしいとも書き添えた。家のひとの眼がきびしいからであった。

鉄南から、折返し返事がきた。

九間町の覚応寺は、駿河屋がある甲斐町から十町たらずの近さであった。

ふたりのあいだに、こうして、文通がはじまった。晶子は、鉄南の返事が待ち遠しくて、追いかけるように、すぐ、催促状をだしたりした。

「ちかごろ、やたらと便りが舞い込むじゃあないか」

鉄南の母は気にしているらしかった。

「きょうも、また、小舟君から手紙がきたが、君、実にこまっちまうじゃないか」

遊びに来た雁月に鉄南が言った。

「晶子さんは、しっかり者だが、君のことが頭へきたのとはちがうか。あまり、罪なことをするもんじゃあないよ」

「ちがうんだ。晶子さんは、詩の悩み、自分の悩みを訴えてくるんだ。二十三になったんだろ、どうして、嫁に行かないのかなあ。やはり、淋しさをまぎらわせるために、詩歌をはじめたらしいが、さて、文学で救われるかどうか」

「なにか、わけがあって、独身をたてとおすと、僕にも、逢うたびにいうが、あれは、思わせぶりかもしれないよ。つまりだな、晶子さんは、大物食いで、じっと、相手があらわれるまで、待つ気かもしれないよ」

雁月は、弟の籌三郎にかこつけて、駿河屋を訪ね、晶子とあっているらしい口振りであった。

眉葉という雅号を持つ石割松太郎も、浜寺で、晶子と知ってから、駿河屋へ訪ねているらしい。

松太郎は、文楽の浄瑠璃《じようるり》に凝っていて、狂言の替り目ごとに大阪へ出掛けていた。

「どうです。いっしょに文楽へまいりませんか」

と、晶子を誘ったりもした。

「あいつは、僕よりも、ずっと、女にかけては、うわ手だからなあ。しかし、晶子さんが、眉葉といっしょにゆくわけがない」

雁月は、自信があるらしく言った。

「どうして、君は、はっきりということができるんだ。雁月君」

鉄南は、家では衣《ころも》をきていた。墨染めの長い袖を気にしながら、どうして、みなは、じき、女と親しくなれるのだろうと思った。

「それには、こんなわけがある。晶子さんが、『源氏物語』を愛読していると聞いて、僕のところには、西鶴の『好色一代男』がある、『好色一代女』も持っていると自慢したらしいのさ。僕は、よく知らないが、一代男の世之介は、光源氏の転合《てんごう》書《が》きだと眉葉は言っていた。そんなことから、眉葉は晶子さんに借したらしい。晶子さんは、二、三日で読みあげたが、あられもないことが書いてありますこと、と低く、つぶやきながら、顔をあからめたそうだ。眉葉は、よく、義太夫を語るだろ。おちょぼ口をしやがって、あられもないことなんて、義太夫の語りで、晶子さんの口癖をしながら、首を振るんだもの、僕は、思わず、ふきだしてしまった。僕も、生娘むきではないが、眉葉ときたら、眼をつぶって、鉄砲をぶっぱなすようなもので、あれじゃあ、当りっこなしさ」

鉄南は、にが笑いしながら、晶子が、新星会の男たちから、ねらわれていると思った。

こんな状態だから、自分のことを御兄様《おあにいさま》などと頼りにしているのだろうか。晶子から鉄南に来る手紙には、決って、御兄様と書かれてあった。

鉄南は、晶子に大きな野心をとげる場所を見つけてやらなければ、だめになってしまうだろうと思った。

「明星」は、新年創刊の予定だったが、二月にはいっても、出なかった。鉄南は気になって、寛のところへ問いあわせの便りをだしてみた。寛からの返事に、あせっているが、雑誌は創刊号が大切で、それで勝負がつくものだから、入念に編集をすすめていると書いてあった。

鉄南には、三月には創刊できる見込みと返事を出したが、まだ、その先きになるかもしれないと寛は、あやぶんでいた。

寛が、二十歳のとき、東京へ出たが、その年の暮に、文芸雑誌の「鳳雛《ほうすう》」を創刊した。しかし、資金難で、創刊号一冊だけで、つぶれてしまったにがい経験があった。

寛が、上京するとき、母の初枝が檀家の農家の主婦へ頼み、五円の金をつくってくれた。これを旅費にあてたが、青年の客気にかられていた寛は、すぐに大きな勝負に出て、「鳳雛」をだしたのであった。

寛には、腹ちがいの兄が、ひとりいた。父が若狭《わかさ》国高養寺の娘に生ませた子である。大都城響天《きようてん》と言った。寛が上京の途中御殿場で降り、御坂峠《みさか》を越えて、甲府へ出た。その頃、甲府に移り住んでいた、響天に逢うためである。

寛は、響天から十円の金をもらった。

落合直文に弟子入りした寛は、直文と北村透谷《とうこく》の原稿を入手できた。それに自分の長短詩を加えて「鳳雛」を創刊した。この創刊のため、響天からもらった十円を使いはたしたので、寛は、二号の編集へかかるどころか、食うや食わずの、どん底へ落ちてしまった。

直文が、寛を書生として引き取り、面倒をみるようになったのは、「鳳雛」がつぶれたためであった。

しかし、「明星」の創刊をくわだてた寛の経済生活は安定していた。妻の滝野《たきの》が、徳山に近い、山口県佐波郡出雲《いずも》村の豪農林小太郎の長女で、この家から、「明星」の資金を引きだす当てがあった。

滝野は、寛が白蓮女学校の教師をしていたころの教え子のひとりであった。

「明星」は、四月になって、ようやく創刊された。大きさは新聞半截型で、ざら紙に刷った十六ページの「明星」は、書生っぽらしい粗野と親しみを感じさせた。

東京新詩社から送られてきた「明星」を手にした鉄南は、主筆与謝野鉄幹という大きな活字に、寛の自信を感じ取っていた。

落合直文、久保猪之吉《いのきち》、服部躬治《もとはる》、金子薫園《くんえん》などの浅香社の人たちと、島崎藤村、薄田泣菫、蒲原有明《かんばらありあけ》などが寄稿していた。藤村は「旅情」という題で、「小諸《こもろ》なる古城のほとり、……」という詩を発表していた。鉄南は、この詩に感動して、声をあげて読んだ。

鉄南は、晶子に手紙を書いて、ぜひ「明星」に投稿するようにすすめた。晶子は、「明星などにうた出すなど、なんぼう、はづかしき事に候はずや。されば、たゞ御兄様の御袖の下にかくれてぞ」などという手紙に添えて、投稿の短歌をおくってきた。

鉄南は、創刊号を読んだ感想など書きつらねた手紙といっしょに、鉄幹に当てて、晶子の短歌を郵送した。

間もなく、妹の里子を連れて、晶子は吉野へ花見に出掛けた。乳母といっしょであった。

晶子は、桜の花には、あまり興味はなかったが、泊った竹林院の明け方の空を、うつくしいと思った。

「さても、いく重の雲のよそに、如何におはすらむと、よし野のおくの古寺に、ひたすらおもふ女なりと君しりますや」と、いう便りを鉄南に書いた。

その朝、ぐっすりと眠った晶子は、しらじらとしてきた、あたりの気配に寝床から離れた。まだ三時であった。

「お嬢さま、さすがに、山は夜明けが早うございますね」

晶子は、旅に出て、人が恋しくなっていた。

鉄南のあとで、雁月にも、同じような内容で、旅だよりを書いた。途中、六田《むた》の渡《わたし》のあたりで摘んだ菫《すみれ》と、竹林院の庭で拾った桜の花びらを、便りに封じ込めた。

ふたりは、この手紙を見せあうだろうか。なんだ、これは恋の手習だなと雁月なら笑うだろう。しかし、神経質な鉄南は、いやな顔をして、眼を伏せるにちがいない。

わたしが、どんなに好きか、わかっているはずなのに、どうして、鉄南は、水のように澄んだままで、冷やかなのだろうかと、晶子は、恨みがましい気持になっていた。

晶子たちは、帰りに奈良へ寄って帰った。

「お帰んなさい。いつ帰るか、とても、待ちどおしかった。お便り、ありがとう。あの手紙、僕は寝るときでも、肌身につけている」

「また、千太郎さんの嘘つきがはじまった」

晶子は、ほほほほと笑った。

「じょうだんじゃないよ」

千太郎は、強《きつ》い顔をした。

「あれ、ほんとうなんだろ。まさか、僕をだまして、笑いものにしようというんじゃあるまいな」

「千太さん、なんで、わたしが嘘など書く必要があるの。籌三郎と同じに弟とも思っているのに」

「なあんだ。弟か」

「あなたは、露出癖《ろしゅつへき》があるでしょ。もう、鉄南さんに見せたんじゃあない。勝手に註釈なんかつけて」

晶子は、雁月に、あの手紙を、少しは鉄南に見せびらかしてもらいたい気もした。そうしたら、鉄南がなにを考えているかわかるだろう。

「そんな莫迦《ばか》なこと、するわけがないじゃあないか。これは、僕にとって、永遠の秘密ってやつさ。そうだ、用件は別にあったんだ。晶子さんに、明星ができたのを見せようと思っていたんだ。僕と鉄幹は、肝胆《かんたん》あいてらした仲だ。僕のいうことなら、なんでもきくよ。短歌があったら、こちらに廻してくれ。僕の手から届けるよ。酔茗さんから、しきりに上京をうながしてきている。近く上京するつもりだ。ちょっと、店の用もあるから、そのついでということにして、おやじの許しもでているんだ」

河井酔茗は、「文庫」の編集のため、あわただしく東京へ出掛けていた。その知らせは、晶子ももらっていた。酔茗は、鉄幹に頼まれて、「明星」の相談にも、力を借していた。酔茗は、本郷の根津にいた。

晶子は、

「その節は、お願いするつもりよ。わたしなんか、海女《あま》が都へあこがれて、お駕籠《かご》にのりたいとせがんでいるみたい。とんだ、お笑い草ですよ」

鉄南に、もう、原稿を渡したことを、晶子は、わざと雁月に言わなかった。

晶子は、雁月が借してくれた「明星」をみた。大きな書き字の「明星」という題字の右肩に、主筆与謝野鉄幹と出ていた。発行人兼編輯《へんしゆう》人として、題字の下に、林滝野という活字が小さく出ていた。

林滝野という活字が、晶子の眼の前で、大きく拡ってゆくようであった。

(林滝野って、男の名だろうか。それとも、女だろうか)

晶子は、滝野という名にこだわり、また、不安にもなっていた。

「明星」の二号に、晶子の短歌がのった。「花がたみ」という題で、六首採られていた。

この中の、「折にふれて」という前書のある一首は、
肩あげをとりて大人になりぬると告げやる文のはづかしきかな
と、直されていた。これは「肩あげをとりて大人となりにきといひやる文のはづかしきかな」であった。まだ、この外にも、手が加えられていた。

晶子は、直されてよくなったか、どうか、わからなかった。ただ、鉄幹先生が採ってくれたことで、晶子は興奮していた。

また、「歌壇小観」という欄で、新星会は堺市にある新派歌人の団体で、河井酔茗が主宰しているが、その会員のなかに、妙齢の閨秀で晶子という人がいると鉄幹が書いていた。

晶子は、半年分の社費といっしょに、歌稿を、直接、与謝野鉄幹あてに送った。雁月が借してくれた創刊号を見るまで、社費がわからなかった。

鉄幹から、ていねいな返事がきた。ふたりの間柄は、師弟の関係ではなく、友だちなのだと書いてあったが、晶子は、ほんとうにそうだと思った。鉄幹の手紙には、少しも、もったいぶったところがなかった。

酔茗からは、堺に「明星」の支部を作りたいから、鉄南にすすめてみてくれと鉄幹が言っている。僕は賛成なのだがという便りが鉄南に来た。しかし、鉄南が自分から動く気はなかった。

鉄南が「明星」へ晶子を紹介したので、雁月が、いたくもない腹をさぐるような事をいったからであった。

雁月がすすめたとき、晶子が、はっきり、鉄南へ頼んだと打ちあければ、それで済んでしまうことであった。晶子をあいだにはさんで、ふたりは、眼にみえないところで争っていたのであった。

晶子は、手紙で鉄南に詫《わ》びてから、鉄幹へ直接、歌稿を送ることにした。その方が、すっきりすると晶子が考えたからであった。

「明星」の三号に、晶子の「小扇」が九首のった。

このなかの

木下闇《こしたやみ》わか葉の露か身にしみてしづくかゝりぬ二人組む手に

について、鉄幹は「きもふときことうたひ給ふよ」と批評した。これは「木下やみわかばの露かにほひあるしづくかゝりぬふたりくむ手に」の歌稿に、鉄幹が筆を加えたものであった。

晶子は、「にほひある」の方が、良いような気がした。

堺に、東京新詩社の支部ができた。雁月の家が事務所に当てられた。

「鉄南とあなたは、朝夕会えるから、うらやましい」などと、鉄幹から晶子に言ってきたりした。地方では、どんなに若い男女の付きあいが窮屈なものか、先生は知っているはずなのに、どうしてだろうと晶子は思った。

雁月は、その頃、支部設置後の打ちあわせなどで、上京していた。

「晶子さんは、僕の文学を語るに足る、唯ひとりの女性です」

などと雁月が、鉄幹にひけらかしていた。

砂の音

「明星」は、鉄幹が考えていた通りの好結果であった。若い人たちの支持者が、しかし、こんなにあろうとは、思ってもみなかった。

大阪の「よしあし草」を編集していた高須梅渓《たかすばいけい》が、そのころ、神田錦町にあった新声社で、「新声」の編集者になっていた。

鉄幹は「よしあし草」に「妻をめとらば才たけて、顔《み》うるはしくなさけある」にはじまる「人を恋ふる歌」をのせていたから、梅渓と親しかった。

鉄幹は、梅渓の編集手腕をみとめていたので、「明星」の同人に加入させようと思った。

神田錦町に新声社をたずねると、社長の佐藤橘香《きつこう》は、

「『明星』は、すごい人気ですなあ」

と、鉄幹に挨拶した。

梅渓は、「明星」の支持者は、京阪に多いだろうと言った。

「一度、大阪へ出掛けて、小林天眠にあうことだな。天眠は、財産もあるし、君の後援者にな

ってくれるよ」

「よしあし草」の出版費は、天眠が、まかなっていた。

「よしあし草」の考えも聞いて、大阪で講演会をひらいたら、「明星」の宣伝になるだろうと梅渓は知恵を貸した。

「じゃあ、君から先方の意向をたしかめてもらおうか。秋ごろにでもなったら、仕事の方も落ちつくだろう。なにしろ、妻の滝野が、社費の受け取りや、『明星』の発送を手伝っている始末。創業期だから仕方がないが……」

鉄幹は、うれしそうに言った。

「関西から、若い文学少女を連れてきて、ただで封筒書でもさせるか」

梅渓は、ちくりと針をさすように言い、いたずらっぽく笑った。梅渓は、まだ、二十一であったが、「新声」に、辛辣な意見を発表していた。梅渓は「新声」が、文学青年向きに編集されているのとはちがい、「明星」が、文学少女を目当てだとにらんでいた。

大阪を中心にした関西の文壇は、若い人たちの異常な熱気で、風雲をはらんでいた。梅渓は、その急先鋒のつもりで、「よしあし草」の編集長をやめ、貯金管理所の職も棄てて東京へ出てきた。

「よしあし草」の同人たちに、まだ、強い影響力を持っていた梅渓の企ては、すぐ実行に移されることになった。

「よしあし草」が、神戸の「新潮《にいしお》」を合併して、八月から「関西文学」になった。この母胎の関西青年文学会の主催で、鉄幹の講演会が八月五日に、大阪の書籍商組合の会議室でおこなわれる運びになった。秋頃のつもりが、急にはやめられたので、鉄幹のために新調した白絣《しろがすり》と、それに似合った鉄無地の平絽《ひらろ》の夏羽織の仕立が、やっと、間にあうありさまであった。

滝野は、はじめての出産を来月にひかえていた。

「いつ、お帰りになりますの」

滝野は、心細かった。

「そうさな。一週間の予定だ。物見遊山とちがうのだからね、じっと、待っているんだな」

鉄幹は、うるさそうに言った。

鉄幹は、八月二日、梅渓といっしょに夜行で大阪へたった。

翌日、大阪北浜三丁目の平井旅館についた鉄幹は、

「行くべきか、君が来る乎《か》、御返事奉待入《まちいりたてまつり》候。宅君、鳳君へも御伝へ奉煩《わづらはしたてまつり》候。草々」

と書いた葉書を鉄南へ出した。

翌日、この葉書を見た鉄南は、さっそく、雁月に連絡をとり、雁月から、晶子に伝えられた。

「まあ、ほんとに先生がお見えになったのですか」

晶子は、思いもかけないことだったので、夢ではなかろうかと疑った。

「鉄南は、ひと足先きに出掛けました。友、遠方より来たるですからなあ。いつも、冷静な彼

に似あわず、あわてておりましたよ」

晶子は、どうして、いっしょに誘ってくれなかったかと不満であったが、雁月となら、母のゆるしも出ると思った。

「早く帰るんですよ」

と、母に送りだされて、晶子は雁月といっしょに大阪へ出た。

紺のかすりに、紫じゅすと紅入り友染の合せ帯を晶子は締めていた。

鉄幹の部屋に通された。

「遅かったね」

鉄南は、ふたりに声をかけた。

襖は取りはらわれて、簾《すだれ》になっていた。食卓に寄りかかって、鉄幹がいた。

「やあ、いらっしゃい。鳳君ですね。雁月君がお供ですか」

まだ、晶子が挨拶の言葉を述べないうちに、鉄幹から声をかけられた。

「かたくるしい挨拶は抜きにしましょう。さあ、どうぞ」

と、座ぶとんをすすめた。白絣をきた鉄幹は、僧侶のような感じであった。

来る途中に、雁月から、鉄幹の印象などを聞いていた。

「そうだな。書生のような、ちょっと気負ったところもあって、国士風といった方が当っているかな」

雁月が見た人とちがって、物やわらかだが、よく、気のつく先生だと晶子は直観した。

「僕は、いま、『明星』は、あなたと山川登美子《とみこ》のものだと鉄南君に話していたところでした。それにつけても、あなたとのめぐりあわせは、僕にとっては、必然性があったと思います。逢うべくして、逢ったふたりということになりましょうか。僕が、まだ、はたちのころ、あなたの姓をもらった『鳳雛』という文学雑誌をだしました。これは資金難で、一冊でつぶれましたが、僕の文学の門出になった、忘れることができない雑誌なのです。あの雑誌が生まれかわって、あなたになったのだと思います。どうぞ、詩の女神になってください」

晶子は、夢うつつに聞いていた。静かに、晶子の体のなかを、恍惚《こうこつ》と憧憬《どうけい》が充たした。

鉄幹は、鉄南や雁月を相手に東京の文壇事情を話したり、また、訪ねてきた中山梟庵《きょうあん》と講演の打ちあわせをしたりした。琴風は梟庵と雅号を改めていた。「関西文学」の編集長であった。

「雁月君にあうと、すぐ、酒席を思いだす。よく、よく、君は酒屋の主人向きの顔にできているんだなあ」

鉄幹は、まじまじと雁月の顔を眺め、大きな声で笑った。

「御催促おそれいります。そのうち、一席もうけますから」

「じょうだんだよ。お気に掛けてくれるのは、ありがたいが、……鉄南君、君は、ますます、鬱屈した感じが濃くなるようだ。あまり、人生を思いつめても、はじまらない。もっと、楽な生き方をしたら、どうだろう」

「そうかな、僕は君とちがって、気が小さいのかもしれない。それでも、たまには、どうにでもなれと思うこともあるよ。君の半分の実行力でもあったら……」

鉄南は、幼なじみの寛にも、心を閉じているようであった。

「そろそろ、お暇《いとま》いたします」

晶子は、投げだされたように坐ったまま、三人から取り残されていた。早く、ひとりになって、考えたいと思っていた。

「お帰りですか。無理にお引きとめはいたしません。僕は、もう、あなたに言いたいことは、みな、言ってしまったと思います。また、お逢いできるでしょう」

ものたりないと晶子が考えるほど、鉄幹は、あっさりしていた。晶子は、思いを残して別れた。

講演会は、五十人ほどの入場者があった。

鉄幹は、新派の和歌に対する考えを、かなり、激しい調子で語った。講演が済んでから、歌会がひらかれた。

小林天眠は、

「大へんな盛会でしたね」

と、会が終ったのち、鉄幹に言った。

この講演会には、山川登美子も出席していた。

山川登美子は、歌会がはじまるころ、鉄幹の席に挨拶に行った。

登美子の歌が、「明星」にのったのは、晶子と同じ五月号からであった。このとき、埋草欄に一首で、六月号には「新詩社詠草」欄に四首掲載され、誌友になった。晶子がはじめから会員であったのと立場はちがっていたが、明治三十年に「新声」に短歌を寄せており、「文庫」などにも発表していたから、東京では、晶子よりも早くから認められていた。

登美子が、晶子と並ぶ位置にすわったのは、「明星」の七月号である。晶子の七首と登美子の九首が、「露草」という題で、別欄のあつかいを受けた。

登美子も、「新星会」の会員なので、晶子との文通がはじまっていた。晶子より一つ年下であった。

福井県小浜町の雲浜村に生まれた登美子は、いちばん上の姉いよが大阪の河内家に縁づいていたので、そこに寄宿しながら、梅花女学校の英文専攻、研究科を卒業した。卒業後、郷里へ帰ったが、つまらないので、大阪に出て、姉のところから母校に通い、校務を手伝っていた。

登美子の父は、小浜第二十四銀行の頭取をしていた。

登美子は、講演会で、晶子に逢えるのをたのしみに出席したが、晶子の姿は見られなかった。

「晶子さんがみえなくて残念です」

登美子は、歌会で、晶子と歌の出来をきそいあうつもりであった。

登美子は、小柄な、ひきしまった体であった。気の強そうな眼はきらきらとかがやいていた。

美人だなあと鉄幹は思った。

登美子は、束髪《そくはつ》に結い、眉の生えぎわも、くっきりとさわやかであった。口もとがひきしまっていた。

「まあ、ここに掛けたまえ。鳳君は、なにかの都合で出席できなかったのだろう。あなたに逢えて、僕はこの旅の目的をはたしたようなものです」

鉄幹は、登美子を、自分の隣りに坐らせた。

自分のようなものが、こんな晴がましい席についてよいものだろうかと思いながら、登美子は鉄幹を見上げた。眼をつぶりながら、想《そう》をねる鉄幹に、ふと、ひきつけられていた。

登美子は、気持が乱れて、歌の形に、思いをはめこむことができない、もどかしさを感じた。

六日の午後、浜寺の寿命館で、鉄幹を迎えた歌会があった。

大阪から鉄幹、梅渓、梟庵、月啼《げってい》、登美子が見え、地元側の鉄南、雁月、晶子が出席した。関西青年文学会堺支会の主催であった。

「どうして、きのう、お見えになりませんでしたの」

登美子は、晶子に恨みがましく、ささやいた。

「父が、どうしても、ゆるしてくれないんですもの。わたし、あなたが、うらやましくってよ」

男の人たちのあいだでは、盃のやりとりがはじまっていた。

「そうかしら、わたしだって、人知れぬ悩みはあるのよ。男の方は、気楽でいいですね。晶子さん、こうして、先生にお目にかかれるのも、あと幾日でしょうか。わたしと逢うことにして、出ていらしたら、どう」

「登美子さん、そうお願いできて？　与謝野先生って、ただ、お傍にいるだけで、歌心をひきだす詩の神のような方ですね。あなた、どうお思いになる、先生のこと」

晶子は、床の間を背にしてすわる鉄幹を見やりながらきいた。

「わたしね、少女のころから、夢に描いていた理想の人がいるのよ。もし、こんな男性がいたら、どんなに、しあわせだろうと考えてきました。それが、きのう、先生にお目にかかったとき、わたしが長いあいだ、心のなかで思ってきたのは与謝野先生だったのだとわかったのです。きょうも、無理して、出掛けてきたのよ」

と、登美子は言った。

寿命館から配られた扇子へ、きょうの記念に、みなで寄せ書きすることになった。

扇子の表てには、一本の松が色刷で出ていた。

「月がのぼったようだ。みなで海岸へ出て、酔をさまそうではないか」

と、雁月が誘った。

岸へ寄せる波といっしょに、くだけ散る月の光が、墨絵のような松並木を透かして見えた。

鉄幹に付きしたがって、晶子と登美子は、庭下駄が踏みしだく砂の音をきいていた。

「山川君、僕の存在を忘れてはいませんか」

と梅渓が言った。それは、まじめとも、冗談とも聞えたが、登美子に好意を寄せているらしかった。

鉄南は、ひとり離れて、松の幹へ寄りかかりながら、晶子が鉄幹と親しげに語りあうのを眺めていた。

鉄幹は、まだ、安養寺の養子をしていたころ、駿河屋へ使いに行ったことがあると晶子に言った。

「あなたは、髪をお下げにしていましたよ」

その頃、まだ、帳場にすわっていた姉のはなとまちがえていると思ったが、晶子はだまっていた。

鉄幹は、砂の上に、「髪さげしむかしの君よ、十とせへて、相見るゐにし浅しと思ふな」と書いた。砂の上の歌を打ちよせる波が消してゆき、鉄幹は、美しい声で朗咏しながら、また、書きつづけた。

晶子は、うっとりと眺めていた。

「なにをしているの、鳳君」

梟庵が、晶子に声をかけた。

「どうも、しません。ただ、先生のお傍にいたいと思っていただけです。もし、死ぬなら、わたしは、この浜で死にたい」

と、晶子が言った。はげしく人を好きになれば、誰でも、死にたくなるものだろうか。

「あなたを好きになっては、いけませんか」

鉄幹が、晶子の耳もとでささやいた。海からの風が運んできた声らしかった。

晶子は、

「なにか、おっしゃいましたか。先生」

と、まぶしげに鉄幹を見た。

「はかなきは二十世紀の恋に候よ」

鉄幹は、誰にいうともなく、お経をあげるように言った。

次ぎの七日の夜、晶子は鉄南へ手紙を書いた。

「昨日は誠に誠に失礼仕候。

私は浜寺へまゐり候へど、ひとしれぬくるしさがあるのに候。それは南に見ゆるかだのみさきに候。か田とは、わが兄様と同じとしに大学へ出《いで》し、兄よりはひとつとし下のわがむかししるひとのふる里なのに候。

誠《まこと》私は失恋のものに候。かゝることは誰様にも申せしことはないのに候へど、昨日は、ことにそのくるしさ覚えしまゝ情ある君にのみもらすのに候。この間のお手紙に付あることがありしに候。はや、すみしことに候へば、御心づかひ下されずともよろしく候。

されど、かたみにきよき心を人しるべくもあらず、いやな世に候。

されば都合よろしき時、私より御文たまはれと申べく候。それまではおまち被下度《くだされたく》候。とりあへず、失礼のおわびまで」

浜寺の会が終って、堺へ帰る道すがら、鉄南は、晶子にひと言も口をきかなかった。

「鉄南君、どうした、気分でもわるいのか」

と、雁月が聞いたほどである。

晶子は、鉄南が、すねているのだとわかっていた。しかし、晶子は、鉄幹のことで、胸が、いっぱいであった。

死ぬなら、浜寺の海で死にたいと言ったことが、どういう意味を持っているか、鉄南はわかっているようであった。晶子は、鉄幹たちと別れてから、はしたない振舞であったと悔いていた。

晶子は、鉄南といっしょに鉄幹と逢うのが、いやになっていた。

ひとりで、鉄幹と逢いつづけたいという考えになった。

兄秀太郎の友だちと失恋したのは嘘なのだが、死にたいと口走ったことに晶子が辻褄《つじつま》をあわせることにした。

鉄幹に、ひとりで逢いに出掛けたあと、鉄南から手紙が来るのを、晶子は怖れていた。

鉄幹に、滝野という妻がいることは、雁月から晶子が聞いていた。晶子は、滝野をしあわせな女と思っていた。

「石のように冷たい心の女ですよ」

鉄幹は、浜寺の浜で、晶子に言った。

「詩人は、才能にめぐまれた女の人と結ばれるべきはずのものです。あなたに逢うのが、あまりにも遅かったとくやまれてなりません」

月の光りで、鉄幹の影が砂の上に落ち、晶子の影に重なりあっていた。

晶子は、不幸な結婚をした鉄幹が、気の毒でならなかった。晶子の心が鉄幹に傾むいたのを、誰よりも早く、鉄南が見抜いているにちがいない。晶子は、鉄南が邪魔になっていた。

七日は、神戸支会が主催で、鉄幹の講演会、八日の日に、大阪の宿を、晶子が訪ねた。梟庵、梅渓がいた。そこへ和久《わく》たき子と服部きん子が来たので、登美子を呼んで、歌を作ったりした。

「九月号から、『明星』は、りっぱな雑誌の体裁に変ります。新らしい酒は、新らしい革袋にいれなければなりません。梅渓君が関西で顔がひろいのにはおどろきましたよ」

鉄幹は、京阪神に、「明星」の多くの会員をふやすこともできたらしく、満足そうであった。「関西文学」の小林天眠、「わか葉」の金尾思西も、「明星」の後援者になってくれることになっていた。

梅渓は、その夜、東京へ帰ることになり、鉄幹は、岡山へ行くことになった。ここでは、鉄幹のいちばん上の兄が、安住院の住職をしていた。岡山市には、「明星」の支部もできていた。

平井旅館を出た晶子と登美子は、あす、岡山へ行く鉄幹を見送ることにした。

「こう、毎日のように出歩いては、うちから追いだされるかもしれない」

晶子は思いつめたように言った。

「だから、わたしと逢うことにすればいいでしょ。どんな危険をおかしても、ぜひ、あすは出ていらっしゃい。わたし、ひとりでは、心細いんですもの」

晶子と登美子は、昼過ぎに平井旅館で落ちあうことに決めた。

九日の朝、晶子は、仲働きのお若を呼んで、大阪へ出掛けたいと言った。

「さあ、奥さまのおゆるしがでるでしょうか」

「だから、相談しているじゃあないの。山川登美子さんというお友だちも、先生をお見送りするのよ。登美子さんといっしょだから、なにも心配することはないでしょう。お若から、お母さまにじょうずに頼んでよ。お願い」

どのように、お若が話したものか、母から許しがでた。父親が旅行中だったからだろう。

鉄幹の泊っている宿へ行くと、登美子が、もう、来ていた。梟庵も、顔をだしていた。

「よく、いらしてくださいました。思いがけないことだったので、僕は、おどろいていたところです」

鉄幹の顔に、旅疲れの暗いかげが見えた。

梟庵は、

「住吉神社におまいりしませんか。まだ、出発には、時間もあることですから」

と、言った。四人は、いっしょに出掛けることになった。

住吉神社の近くの蓮池には、蓮の花が咲いていた。

貸舟屋から、舟を借りて、梟庵が漕《こ》いだ。

登美子は、水のなかに、手をいれて、ひらひらと動かしたりした。

「あなたの白い指が、魚のように見える」

鉄幹は、登美子の、くっきりと線がひきしまった横顔を見ている。晶子は、うつくしい人は、しあわせだと思った。

「この蓮を折ってはいけませんか」

と、登美子は言った。

「花のつかない葉ならいいでしょう」

と、鉄幹が答えた。

梟庵は、櫓《ろ》を置いて、蓮を茎から折ろうとした。

「これは、なかなか手ごわいぞ」

梟庵は、どうやら、蓮を折ることができた。

登美子は、

「折られて、泣いているみたい」

と、言いながら、茎を耳もとへ持って行った。それは茎のなかの糸が縮む、かすかな音なのであった。その仕草が、いかにも、あどけない感じを与えた。登美子のうつくしさが鉄幹の心を捉えているらしいと晶子は思った。

茶店にはいって、みなで、軽い夕食をとった。

「先生のお歌に、春浅き道灌山の一つ茶屋に餅食ふ書生袴着けたりというのがございましたね」

と、晶子が突然言った。

「どうして、ご存じですか」

と、鉄幹がたずねた。

「『読売新聞』で拝見いたしましたの。今、急に思いだしたのですが、わたし、あの歌が好きです」

と、晶子が言った。鉄幹は、もう、その歌を忘れかけていた。

「硯《すずり》と筆をかしてくれませんか」

鉄幹が、蓮の葉に、「神もなほ知らじとおもふなさけをば、蓮のうき葉のうらに書くかな」と、書いた。住吉神社には、縁結びの神もまつってあった。「おもと社」と言った。

晶子は、この歌に詠まれた神は、縁結びの神なのだと思った。

それにしても、誰との縁をむすぶつもりなのだろうかと、晶子は思いながら、鉄幹の歌を眺めていた。

ひとしきり、にわか雨があった。雨に洗われた木の葉が、月の光りに、きらきらと輝いていた。

「少し、歩いてみましょうか」

傘を借りて、外へ出た。涼しい風が吹いていた。

梢《こずえ》から、雫が落ちかかるので、きものがぬれそうであった。

「鳳君、いらっしゃい。いっしょに傘をさしましょう」

鉄幹は、番傘をひらいて、晶子に声をかけた。

晶子が傘に持ちそえた手を、鉄幹は、上から握りながら、

「袖が濡れる。もっと、こちらへ来たまえ」

と、言った。鉄幹の手に力がこめられてきた。

梟庵は、登美子と相合傘になった。

晶子は、鉄幹の気持を、たしかめたような気がした。

「また、きっと、あなたに逢いに来ますよ」

と、晶子に言った。

鉄幹は、十五日、岡山から東京へ帰る途中、大阪に下車して、浜寺で、歌会を催した。鉄幹は、晶子に逢わずに、東京へ帰ることができない気持になっていた。

雲と菜の花と

最初の一週間の予定が延びのびになって、寛は、八月十九日の終列車で帰京した。

滝野は、

「ずい分、遅かったのね」

と、少し、不機嫌に言った。

「なにしろ、関西での評判は大へんなものだよ。講演につぐ歌会の連続で、……それに、岡山から徳山へも足をのばしたものだから」

寛は、急に疲れがでてきた。

「実家では、みな、元気でしたか」

「ああ、お変りなかったよ。初産だから、気をつけるようにとのことだった。福山は、やはり、なつかしいところだな」

寛は、十七から二十歳まで福山で暮した。まだ、養家の安養寺から籍が抜けていなかったので、安藤寛と言っていた。次兄の照幢《しょうどう》が、徳応寺住職赤松連城の長女安子の婿になっていたので、頼って行ったのであった。

寛は、この年、父礼厳に言われて、西本願寺で得度したが、どうしても、僧侶になる気はなかった。徳応寺の境内に、私立白蓮女学校があり、義姉の安子が経営にあたっていた。この女学校で、寛は国語、漢文を教えるかたわら、徳応寺が布教のため出していた「山口県積善会雑誌」の編集をたすけることになった。

滝野は、寛の教え子のひとりで、はじめて教壇にたったとき、白蓮女学校の一年生であった。境内にある寄宿舎にはいっていた。

寛が行った翌年、明治二十年に創立した白蓮女学校は徳山女学校と名をかえた。

滝野は、佐波郡出雲村の大地主林小太郎の長女で、寄宿舎では、従姉《いとこ》と同じ部屋にいた。滝野は育ちがよく、まがったことのきらいな娘であった。

寛には、明治十一年生まれの滝野より、ひとつ年下の静子という妹がいた。

滝野を見ると、よく、妹のことが思いだされた。滝野は、どこか、妹の静子と似ていた。

「滝野さんの部屋、よく、見まわって、声をかけてやってください。従姉と、家へ逃げ帰る相談をしているそうですから」

義姉の安子から、寛が頼まれて苦笑した。

寛は、二度も養家を逃げだしていたからである。

「林滝野さん、なにか質問がありませんか」

廊下の外から、寛は、やさしく声をかけてやった。部屋のなかは、ひっそりとしていた。滝野は、泣きくたびれて、勉強机に寄りかかったまま、眠っていた。

寛は、生徒に興味を持たせるために、わざと黒板へ、まちがえた字を書いたりした。

「安藤先生、質問がございます」

滝野は、席から立ちあがっていた。

「先生の病には、ちょん、ちょんがありません。それでも、いいのですか」

「ああ、そうでしたね。これは先生の間違いでした。よく、滝野さんは気がつきました」

寛は滝野を賞めた。やがて、滝野は、寄宿舎生活にも慣れて、明るい女学生になって行った。

寛は、十九歳の六月に、与謝野姓に戻ったが、教え子の多くは、まだ、安藤先生と呼んでいた。

年の若い寛は、女学生たちに、兄のように親しまれていた。

明治二十四年の春、徳山女学校は、第一回の卒業生を世におくりだした。

このなかに、浅田信子《さだこ》がいた。町のビール会社を経営している浅田義一郎の長女であった。

信子は、少女のころ、体が弱かったので、女学校に遅くはいったため、卒業したときは二十二歳であった。寛より三つ年上であった。信子は、卒業後も残って、母校の事務を手伝うことになった。文学少女の信子は、自然に寛と親しくなって、からだをゆるすようになった。

浅田家は、町の有力者であった。傷ものになった信子と寛を結婚させようと考えたが、寛に、これと言った学歴がないのが、障碍《しょうがい》になった。

「信子さんが年上ですもの、寛さんが、誘惑されたようなものだわ」

義姉の安子が照幢に言ったりした。

「なんといっても、相手は、町の有力者だ。事をあらだてて、前途ある若い二人をあやまらせてはならない。今は、ふたりが夢中だから、気持を落ちつかせるため、寛を父のところへ帰すことにしよう」

照幢は、この場合、ふたりを離すことだと思った。

寛は、徳山女学校をやめて、京都の父のところへ帰った。寛は正規な学校を出ないために、浅田家から受けた屈辱を、いつか、必ず、晴してやろうと誓った。詩人の、いたみやすい心のなかに、信子との恋愛事件が、深い傷を残したのであった。

東京へ出た寛は、自分の作品がのった印刷物を、徳山女学校気付で、いつも、信子へ送りつづけた。それは、寛が意識しなかったけれども、形のかわった復讐だったのだろう。

明治三十年の秋に、寛は、徳山を訪ねた、新らしい詩歌壇で花ばなしい存在になった寛は、しきりに信子に逢いたくなっていた。

「どうやら、世間に笑われない男になりましたよ」

信子は、眼がしらに指をあてて、涙をおさえながら寛を見たが、急に言葉をかけることもできなかった。信子は、死んだつもりで、これまで生きてきたのだった。

「どうです。いっしょに散歩でもしませんか。信子さん、久しぶりだなあ」

「ええ」

寛が、ふといステッキを振りながら、肩をそびやかして行くあとから、信子は、つつましやかに足を運んでいた。

「佐波川へ行きましょう。僕は、あの土手へ寝っころがって、悠々と流れる白い雲を見ていた。あなたは、菜の花を摘んでいた。最初のくちづけをゆるしたのも、たしか、あの土手でしたね」

信子は、苦しみ抜いてきたせいか、寛の言葉が、うつろに響くように思われた。

（わたしが、はたちの寛にからだをまかせたときは、もっと、純情な若者だった。この人は、なにか、大切なものを落してしまったらしい）

信子は、知らないうちに、おとなになって、感情が涸《か》れたのかもしれないと思いかえしてもいた。

寛は、信子の手を、ぐいと引いて、膝の上へ乗せると、たしかめるように長いくちづけをした。ねっとりとした寛の舌が、執拗にからみついてくる。あのころの、「小鳥のくちづけ」と言った、幼さが消えて、けものじみたものであった。

「信子、いいだろ、今から後は、決して、お前を離さないぞ。お前は、僕の妻だ」

寛は、信子の胸へ手をいれると、抱きかかえたまま、草の上に寝た。

信子は、眼をつぶったまま、じっと、寛の重さにたえていた。

寛が、乙未義塾の教師のころ、京城でなじんだ翡翠《ひすい》という朝鮮芸者の熱いからだを思いだしていた。翡翠は、興奮すると、瞳を寄せ、青白い肌は桜いろに染まった。「ハナレナイ。トンナニシテモ、トレナイ」翡翠は、からだをくねらせて、あえいだ。

（信子のからだは、木でつくった人形なのだろうか）

寛は、未熟な行為にものたりなさを感じたが、信子が、ひとりで、暮してきた確証は握ったという気がした。ふたりは、二、三日、逢びきを重ねた。

東京へ帰るとき、

「年が改ったら、お父さんに、結婚を申し込むつもりだ。信子も、その気になってくれるだろうね」

と寛が言った。

年が代って、浅田家では、ふたりの結婚を認めることになった。信子は、もう、三十にもなっていた。

寛は、一週間ほど、浅田家の離れに、信子と起居をともにした。

寛は、落合直文の弟の鮎貝槐園が、朝鮮で実業家として成功したことを信子の父に話して、

「朝鮮へ投資してみたら、どうでしょうか」

と、すすめた。土地を買えば、将来、有利だろうなどとも言った。

財産をねらった結婚なのかもしれないと浅田義一郎は、寛を警戒するようになった。

「いつ、東京へ戻られますか。信子も、無論、いっしょでしょうな」

と、義一郎は言った。

「しばらく、信子は当家におあずかり願います。流浪は詩人に付きものです。近く、暮しの目処《めど》をつけて、迎えにまいるつもりですから」

「詩人とは、かなり、無責任なものですな。それでは、信子が、かあいそうですよ。生活費のことなら、なんとか、するつもりだ。遠慮なく、お申し出でください」

「浅田さん、あなたは、すぐ、金のことを言う。財産は、なんですか。いや、お父さん、言いすぎたら、おゆるしください。あなたは、すぐ、世間態《てい》をおっしゃる。信子が、ひとりで、この町にいることが恥かしいのでしょう。それだから、東京へ連れて行けでは、かえって、信子がかあいそうですよ。僕にとって、いまが大切な時期なのです。家だ、世間態だと、あたりに気をとられていたら、足の早い運が逃げてしまいますからね」

「あなたの結婚観をお知らせください。どうも、詩人のいうことはわからない」

「心から愛しあう男女が結ばれることです。理想の恋愛があるところ、そこは、すでに地上ではないかもしれません」

義一郎は、寛の青くさい書生論を軽蔑した。家庭を持つ資格がない男だと思った。

寛が帰ったあと、父親が思いわずらっていたとき、信子が妊娠していることがわかった。母が、いっしょにはいった風呂場で見つけたとき、妊娠四月目にはいっていた。

信子に訊ねると、前年の秋に、寛とあっていた。

「いよいよ、もって、無責任な奴だ。与謝野という男は」

信子の父は、吐きだすように言った。

八月にはいった六日に、信子は女の子を生んだ。ふき子という名をつけたが、生まれて、ひと月あまりの、九月十七日に死んでしまった。

寛は、気がむいたときに、顔をだすが、生まれる子供に、少しも、責任を感じていない様子であった。

義一郎は、信子の将来を考えて、寛と別れさせた。

寛は、その頃、すべてに疑惑を持ち、虚無的になっていた。まず、悟をひらくことだと、夏には、嵯峨《さが》の天竜寺住職橋本峨山《がざん》に就いて参禅もした。強度な神経衰弱かとも思ったりした。

寛は、宇宙も大地も、みな、自分を苦しめるために存在するような気がした。

自分の力で、自分を救うことができないのだろうかと、思い悩んでいた。

こんどのことも、信子が愛しているのに、それを無理に別れさせた浅田家にだけ、罪があるのだ。浅田家の人たちは、やっと立ち直りかけた自分を千仭《せんじん》の谷底へ突き落した敵だと寛は、うらんだ。

寛が、教え子の林滝野を訪ねる気になったのは、信子と離婚した、すぐ、あとのことであった。

徳山女学校をやめてからも、寛は滝野に手紙を出したり、また、自分の写真をおくったりしていた。

滝野は、ふしぎと寛の心に残る教え子なのであった。

滝野の父林小太郎は、しばしば、寄宿舎に娘を訪ねてきたので、顔見知りでもあった。林家は、出雲村の大地主で、そのあたりに名が知れた、土地の素封家であった。

寛が林家を訪ねたのは、十月の末のことで、もう、稲の採り入れが終ったころであった。

小太郎は、どうして、寛がたずねてきたか、わからなかったが、娘が世話になった先生なので、ていねいにあつかった。

「滝野さんも、お元気ですか」

と、寛はたずねた。

「あいかわらずの駄だっ子で、勝手なことをしております。先生がお見えになったと知ったら、どんなに喜ぶことでしょう。ここへ呼びましょうか」

と、小太郎は言った。

「それより先きに、ひとつ、お願いがあります。滝野さんを、私の妻にくださるわけにはまいりませんでしょうか。突然、こんなことを申しあげて、びっくりなさると存じますが……」

と、寛は言った。

「さあ、こまりましたなあ、滝野は長女で、あとは娘ばかりですので、あの子に婿をとり、この家を継がせることになっております。折角のお話しですが、どうも……」

小太郎は、まじめな教師であった寛に、気をつかいながら、ことわった。

「そのことは、あらかじめ、僕も考えてきたことです。僕のような者でも、よかったら、どうぞ、滝野さんの婿養子にしてくれませんか」

これまでも、いろいろと婿の口が持ち込まれていた。しかし、家族の誰かが気にいらないいま、滝野は二十二になっていた。

小太郎は、滝野が結婚したいというなら、考えてもよいと思った。

「お父さんとお母さんさえ、承知なら、私は先生といっしょになってもいいです」

滝野は、深く考えずに、寛と結婚しようと思ったのは、長いあいだ、教え子の自分を忘れずに覚えていたことに好意をよせたからであった。

「私は、今、文学者の立場として、花やかな発表舞台のある東京を去ることはできません。それに、滝野さんも、一度は、東京の暮しを身につけられたらいいと思います。いっしょに連れて行きたいのですが、いかがでしょう」

「それは、また、急なことですな」

若い滝野は、東京で新らしく家庭を持つことが、うれしかった。

内祝言《ないしゅうげん》をして、婿養子になった寛は、一週間ばかり滞在後、滝野を連れて上京することになった。

「詩を作るより、田を作れという諺《ことわざ》もある。なにかの足しにしてください」

立ちぎわに、隣りの部屋で、小太郎が寛に言っているのを滝野は聞いた。

広島まで来ると、寛が打ちあわせていたのだろうか、ひとりの男が待っていた。荒らくれた、壮士風の感じのわるい人であった。

「これは、僕の妻の滝野だ。急に結婚ばなしが持ちあがってね」

と、寛は滝野を紹介してから、

「これ、ほんの少しだが、取って置き給え」

と、相手に札を握らせた。

「済まん、すまん、これで大助かりだ。新婚ほやほやの君だが、いっしょに一杯やりたいなあ」

と、その男は言った。

「滝野、あの男は、朝鮮時代からの盟友だ。今は、国事に奔走しているので、名をあかすことはできないが、なにか、重大な相談事があるらしい。僕たちは、駅前の、そら、見えるだろ、菊屋で待っているから、家へ戻り、お父さんに話して、百円ほど、都合して来てくれまいか。急ぐんだぞ」

茫然とした滝野を置いて、寛たちは歩きだしていた。

滝野が帰って、父親に話すと、

「どうしたものだろう」

と、母親に相談していたが、滝野へ百円渡した。

「女にはわからない男同士の付きあいというものはあるが、寛は、少し、でたらめ過ぎるようだ。しかし、まあ、ここでは救ってやれ、滝野は、いやになったら、いつでも帰っていいのだよ」

と、父親は言った。滝野は、あまい新婚の夢が破れたような気がした。

新橋駅に着いた寛と滝野は、鳥森の旅館に落ちついた。

借家探しをするにも、まず、寛の衣裳からはじめなければならなかった。着物が、くたびれていて、このままでは、誰も家を貸してくれそうもなかったからである。

麴町《こうじまち》区上六番町四十五番地に、適当な借家を見つけ、ふたりは、新らしく家財道具などを買いととのえるため、いっしょに、よく、出歩いていた。

どうやら、生活も落ちついたころ、

「新らしく雑誌をだすから、ちょっと苦労がつづくかもしれないぞ」

と、寛が言った。

「資金は、どうなさるんです。なにか当てがありますの」

と、滝野は聞いた。

「滝野の持参金を使わしてもらう。いいだろう」

寛は、思いつきが胸に浮かぶと、すぐ、実行に移さなければ、気がおさまらない人であるらしい。その病気が、また、はじまったのだと滝野は思った。

新らしく机を買ったとき、

「ここがいい、この方がよい」

と、部屋のまん中に据えて、床の間を背にして坐った。

「滝野、手を貸してくれ、やはり、障子にむかって、庭が眺められる方がいい」

と、置きなおしてから、また、最初の位置に決まるまで、あっちへやったり、こっちへ動かしたりした。

「最初に、よく考えたら、一回ですみますのに」

と、滝野が言うと、

「そんな型にはまった考えだから、ちっとも、進歩しないのだ。あれ、これ、迷って、いちばん、いいと思ったところに落ちついた、うれしさは、ちょっと、言いようがないな」

と、寛は笑った。

寛は、机の上に片肘突いて、新らしい雑誌の計画に夢中だった。紙に何か書いたかと思うと、すぐ、いらだたしげに消したりした。

滝野が、妊娠の兆候を感じたのは、ちょうど、そのころであった。

寛が知っていた木版屋の中川の妻が産婆だったので、診てもらうと、

「まちがいなく、お芽出たです」

と、言った。悪阻《つわり》がひどかったので、産婆の姉を頼んで、家事を手伝ってもらうことにした。

婆やは、河本もよと言い、五十に手のとどきそうな、さっぱりした人柄であった。

出雲村から上京してきた人の話で、滝野は、浅田信子とのことも知っていた。滝野の父は、寛を養子に迎えたことを悔いているとのことであった。

滝野は、信子を不幸にした寛を心から憎んだ。

(お腹に子供がいなかったら、すぐにも、家へ戻りたい)

と、思った。

そこへ寛が関西、中国地方の旅行から帰ってきたのであった。

そのむらさき

「明星」は、九月号から、雑誌の形になった。四六倍判六十八ページの本文は、一条成美《せいび》の描いた表紙で飾られていた。

八月号まで、編集発行人だった林滝野にかわって、与謝野寛の名になっていた。

みごもってから、神経が鋭くなっている滝野は、

「どうして、わたしの名を出さないの」

と、不快な顔をして、寛を見た。

「お前は、僕の妻だ。なにも、表てに出なくともいいだろ。今は、お腹の子のことばかり考えていればいいのだ。大事なときだからね」

寛は眼を伏せたまま、心の動揺をかくそうとしているらしかった。なにか、あったのだと滝

野は不安にかられた。

「わたしの名が出ていては、おこまりになることでもできたのですか」

と、滝野は聞いた。

「主幹《しゆかん》などと高い山にたって、見おろすようなことでは、雑誌は大きくならない。師匠だ、弟子だという縦の関係から離れて、みな、友だちだという横のひろがりで、これからの『明星』を運営することにした。そうしたら、雑誌は、みんなのものだと考えて、心から協力してくれることになるだろう。僕は、ただ、しっかりと手綱《たづな》を握って、みなといっしょに目的地へ着けばいい。そのために、今度は、規則も変えたのだ。妙な勘ぐりは、やめることだな」

と、寛は言った。

今度、発表した「清規」には、
一、われらは互に自我の詩を発揮せんとす。われらの詩は古人の詩を模倣するにあらず、われらの詩なり。
一、われらは詩の内容たる趣味に於て、ともに自我独創の詩を楽しむなり。
一、かゝる我儘《わがまま》者の集りて、我儘を通さんとする結合を新詩社と名づけぬ。
一、新詩社には社友の交情ありて師弟の関係なし。
と、いう、自由に若い才能をひきだす、鉄幹の考えが、打ちだされていた。

寛は、旅から帰って、過労で一週間ほど寝込んでしまった。そのあいだも、寝床の中で、雑誌の編集をしながらしきりに、登美子や晶子のことを思っていた。「明星」は、ふたりの天才女性に用意された、花やいだ舞台であればいいと、寛は願った。

滝野は、新詩社に来る手紙は、勝手に開封してもよいことになっていた。

晶子や登美子から来た手紙も読んだが、滝野は、それほど、気にはならなかった。「明星」の社友は、若い女性が多かったし、みな、寛を恋人と思っているらしく、歯の浮くような、あまったれた内容であった。

滝野は、やはり、今度の旅で、寛が浅田信子とひそかに逢ったかもしれないと思い悩んでいた。信子が寛の子を生んでいたことが、滝野の激しい嫉妬をかきたてていた。

晶子から寛に来た病気見舞のなかに「病みませるうなじに細きかひなまきて熱にかわける御《み》口《くち》を吸はむ」という恋歌があったり、また、登美子にも、「あたらしくひらきましたる歌の道に君が名よびて死なんとぞ思ふ」という熱狂的な信仰を示したものもあったが、滝野は、夫の寛を買いかぶっているのだと、冷静に見ていた。「星の子さま」などと寛のことを呼んでもいた。天上に住むべき人が地上へ落ちたとでも言うのだろうか。

「あなた、まだ、若い女のひとですもの、のぼせるのはしようのないことですが、気をおつけになったら、いいと思いますよ。世間の眼が、うるそうございますからね」

滝野は寛をたしなめたりした。

「詩人というものは、多情多感なものさ。晶子さんは、お前と同じ年だし、また、登美子さんは、ひとつ下だ。恋愛の前には、道徳も宗教も、もはや、問題ではない。新らしい詩歌の時代が、僕たちの運動で、すでに初まってしまったのだ。ゲーテにしろ、バイロンにしろ、どんなに、多くの女性の憧れの的だったか、……やがて、『明星』は、恋の歌で、どのページも、埋まってしまうだろう」

「詩人だからと言って、誰かまわずに、みな、恋人だとおもうのは、どうかしら、それは身勝手というものです」

滝野は、「明星」が、あまりにも順調に発展したので、どうやら、頭に来たのではないかと寛をあやぶんでいた。

「お前の声は人間の声だ。星の世界の声ではない」

と、寛は、まじめくさった顔で言った。

滝野は、九月二十三日に、男の子を生んだ。萃《あつむ》と名づけられた。

口なれぬわが守歌にすや〳〵と眠る子あはれ親とたのむか

寛は、父親になったのを喜び、

「萃には百人の恋人ができるだろう」

と、滝野に言ったりした。

このあした君があげたるみどり子のやがて得む恋うつくしかれな

晶子からも、こんな祝歌が寄せられていた。登美子のは、「高照らす天の岩戸の雲裂けてうぶごゑ高き星の御子かな」というのであった。

十月二十五日、「明星」十月号の残務を片づけた寛は、新橋をたって、滝野の実家へむかった。萃の入籍にからんだ問題を解決するためであった。

「僕は、歌人としての位置もきまり、いまさら、林家の婿になる気がいたしません。大へん、勝手なお願いですが、滝野を与謝野の籍に入れたいと思います。いかがなものでしょう」

と、小太郎に頼んだ。

「それでは、まるで、話がちがう。わたしをぺてんにかけたようなものだ。あなたは、雑誌をはじめて、成功しているという話だったが、ひどい貧乏暮しを滝野にさせているそうですな。それに、女癖がわるいとの噂も聞いた。浅田さんのお嬢さんとのことも知らされたが、過ぎてしまったことは忘れて、滝野とのあいだが、うまく行けばいいとあきらめていた。私は、娘もかわいければ、孫もかわいい。娘を通じて、金のことを頼んで来たとき、これまでも一度だって、ことわったことがありますか。あなたを養子に迎えたからは、だまされたとしても、私だけの責任ははたしたいと思ってやって来たことです。滝野は、与謝野家へ入籍はさせない。これで話は振りだしに戻ったことになる。この際、滝野を離縁して、私のところへ帰してもらいましょう。私の家にふさわしい人を滝野の婿に迎えますから。萃も、こちらへ引きとらせてもらいます。萃がりっぱに成人するまでは、こちらで、充分、手をつくすつもりだから」

と、小太郎が言った。

寛は、まさか、こんなことで小太郎から離縁話がでるなどとは夢にも思っていなかった。たしかに信子のことを言わなかったのは、自分の落度だが、滝野へ求婚するとき、どうしても、打ちあけることができなかった。

「そんなつもりで、お願いに出たのではありません。この方が、僕たち親子三人のためであり、また、林家にとっても、好都合と思ったまでのことです。気のすすまないまま、家業を継いでも、僕は、生きながら、死んだようなものですからね」

「誰も、あなたに頼むとは言っていない」

と、小太郎は、声をあらげていた。

寛は、あとで、取りなしてくれるように、滝野の母に頼んで、その日のうちに林家を去った。まだ、和解ができると寛は思っていた。

寛は、帰りの汽車のなかで、

田百町きよく老ゆるに足りぬべしさはれかへられず我の名と恋
ゐなかびとのまめなるいさめまもるにはあさましいまだ我血冷えぬよ
うつくしき佐波山もみぢかれずあれな秋霧がくれ見てなぐさめむ
つよくつよくおさな児だきて男手に袷衣《あわせ》も縫はん乳も貰ひこん
さはいへどそのむらさきの襟うらに舅《しうと》の知らぬ秘め歌かかむ

と、いう歌を作って手帳に書きつけていた。

別れるつもりはないのに、別れなければならない羽目に、寛は追いこまれていた。まだ、二十八歳だった寛は、この屈辱を耐えがたく思った。

林家と離別するのは、自分の意志から出たことなのだと寛は考えたがっていた。歌が心の底を見せるものなら、これらの作品は、のぞいてみた自分の本心なのであろうか。「以上養家を辞するの歌」と、寛が書き終えて、ひどく、孤独になっていた。

関西青年文学会の秋季大会が、箕面《みのお》で催されることになっていた。寛は、たしか、十一月の三日だったと思いだすと、神戸で途中下車した。

この会で、「新潮」の同人から寄稿を求められ、寛は、途中、汽車のなかで詠んだ歌を渡した。題は「暮秋」とつけた。

「新潮」は神戸の恒川文華堂から出ていて、「明星」の神戸支部が主として編集にあたっていた。

この大会に、大阪から梟庵も来ていた。

「いよいよ、妻とも別れることになってね」

と、寛は、養家を出る歌を、梟庵に見せた。

「お子さんができたばかりではありませんか。これはどうしたことです」

と、梟庵はたずねた。

「そのことでは、あとでゆっくり君に聞いてもらうよ」

寛は、暗い顔で言った。

その夜は、大阪堂島にあった梟庵の宿所で、寛は枕を並べて寝ながら、

「いずれは、別れる運命だったのだろう。滝野は、冷たい女だし、養家は無理解なものだから、……また、新らしく出直すさ」

と梟庵に言った。

次の日、梟庵は寛を連れて、「小天地」を編集している詩人の薄田泣菫とあい、晩餐《ばんさん》をいっしょに取ったのち、京都に行く寛と別れた。

五日の朝早く、梟庵のところへ、晶子と登美子が訪ねてきた。

「与謝野先生が、東京へたたれる前に、どうしても、京都の駅であいたいというのよ。わたしのところへ報せがあったので、晶子さんをお誘いして、ゆうべは、うちに泊ってもらったの。あなたも、いっしょにお見送りしましょう」

と、登美子が言った。うしろに立っている晶子の髪は、乱れていた。

「与謝野さんとは、神戸の大会から、ずっと、付きあい通しで、昨夜、別れたところなんだ。君たちが見送ってくれるなら、僕は遠慮するよ。よろしく言ってくれないかなあ」

梟庵は雑用がたまっていた。

「じゃあ、二人で出掛けるわ。こちらでも、先生に聞いて戴きたいこともあるし……」

登美子に、結婚の話が持ちあがっていた。

相手は親類の山川駐《とめ》七郎という外交官あがりで、銀座の江副《えぞえ》商会支配人であった。

京都駅に着いた晶子と登美子は、すぐに寛を見つけることができた。

「先生、お待ちになりましたか」

ふたりは、駆けよりながら、ほとんど、同時に声をかけた。

「梟庵君も、いっしょではなかったの。誰も来てくれないような気がして……」

寛は、ふたりを等分に見ながら言った。

「手が抜けない仕事ができたんですって、先生にくれぐれもよろしゅうとのことでした」

登美子は、晶子とふたりだけで来てよかったと内心では思っていた。

「永観堂の紅葉をみようか。君たちを待ちながら、考えていたことだが……」

東山の永観堂は、寛が生まれた岡崎に近かった。

「先生といっしょの紅葉狩は、いい思い出になるでしょう。ねえ、お姉さま、お供しましょうよ」

登美子は、晶子をお姉さまと呼んでいた。

寛は、晶子と登美子のあとから歩いていた。

妻の滝野と別れたのち、この人といっしょに暮したいと、思いながら、寛は登美子のきれいな衿足《えりあし》を見ていた。

「こうして、だまって歩いている姿を、誰かが見たら、きっと、うらぶれたきょうだいと思うでしょうね」

と、晶子は言った。

言いたいことがあるのに、だまったまま、三人は、自分の思いにひたっていた。

「ねえ、登美子さん、先生に御相談申しあげたら……」

背の高い晶子は、手ごろな枝を折って、登美子の手に渡しながら催促した。

「先生、私は、歌と別れなければなりません。親が決めた結婚を逃げまわっておりましたが、どうしても、ことわりきれなくなりました」

登美子の顔から、血の気がひいていった。

「山川君、どうして、結婚したら、歌をやめなければならないのですか」

「私、死ぬほど、先生が好きだからです」

登美子は、一気に言って、寛を見つめたまま、涙をこぼした。

ひたむきな登美子に、晶子は胸を打たれた。ねたましくもあった。

「僕にも、ふたりに聞いてもらいたい悩みがある。妻と別れることになったのだ」

「まあ、そんなこと、どうして、信じることができましょう。赤ちゃんがお出来になったのに」

晶子は、自分たちふたりのことが、原因かもしれないと思った。

「わたしだって、苦しんでいるのよ」

いつまでも、どうにもならない鉄南の恋を棄てて、晶子は、ひたすら、寛を恋いしたっていた。

「罪の子同士が、いっしょになったのだから、どこかで、ひと晩、語り明そうではないか。安宿だが、かまわないかい。粟田山の辻野という温泉宿なら、父の代からの知りあいなんだ」

と、寛が誘った。

晶子と登美子は、寛と離れがたい気持になっていた。

粟田山へのぼる黒谷の坂は、石ころ道で歩きにくかった。

比叡《ひえ》の山は暮れかかって、淡い影のようであった。

寛は、歩きなやむ晶子と登美子の手を握って、

「もう、じきだよ」

と、はげました。南禅寺の塔が、かっきりと寒空にそびえていた。

辻野が経営する花鳥温泉は、礦泉なのであろう。煙突から、白い煙がたちのぼっていた。

寛は、宿の丹前に着換えて、風呂場に行った。

晶子と登美子は、あとで着換えることにして、はるかに暮れてゆく吉田山を眺めていた。登美子は、晶子の手を強く握りしめながら、

「先生は、あなたにゆずったのよ。しっかりしてちょうだい。お姉さま」

と、囁《ささや》いた。晶子は、登美子の手を冷たく感じた。

登美子が、駐七郎との結婚に踏みきったのは、まだ、ひと月あまり前のことであった。

登美子は、駿河屋に来て泊ったりもしたが、晶子もまた、登美子を姉の家に訪ねて、泊っていた。それは、いつも、歌を棄てるか、駐七郎を棄てるかという登美子の身の上相談のためであった。

登美子は、長いあいだ、歌人になりたいと思い憧れていた。それが、やっと、新詩社にはいって、実をむすびかけてきた。これまでの投書雑誌にはなかった新らしい感動が、登美子を、ひたむきにしたが、主宰者の鉄幹にあってから、恋のとりこになってしまった。人を恋することが、こんなにみごとに自分を変え、成長させるものとは、登美子は、これまで思ってもみないことであった。

登美子は、これまでも、寛とひそかに逢っていたが、晶子には黙っていた。晶子も、切なく、寛を恋いしたっていることが、愛する者の敏感さで、登美子は手にとるようにわかっていたからであった。

登美子と晶子が、住《すみ》の江《え》のあたりを散歩したときであった。

「先生は、あなたにゆずって、私は、若狭に戻り、あの人と結婚します」

と、登美子は、手につんだ赤い野の花を晶子に渡しながら言った。

晶子が、はじめて、寛の恋を受けいれ、はげしい口づけをかわしたのも、この住の江であった。

「ふたりは、いつまでも、きょうだいのような気持で、先生を兄のようにお慕いすることだって、できると思うのよ。これまでも、そうだったんですもの、元気をお出しなさいな」

晶子は、あのとき頬に触れた、寛の胸が、ひどく熱かったと思っていた。

「姉が、父に密告したらしいのよ。このままでは、登美子の責任は負いかねるって。私だって、いまの自分が、怖ろしいと思うほどなんですもの」

登美子は、妻子がある寛との恋愛を精算しようと決心していた。

晶子が、あのときは、なんとなく聞き流していた登美子の「ゆずる」という言葉に、こだわっていた。「ゆずる」というのは、寛の温かな、からだだったら、たまらないことだと思った。

寛は、「ああ、さっぱりした」と言いながら、部屋へ戻ってきた。

「お食事になさいますか。お酒のことも言いましょうか」

登美子は、慣れた感じで、女中を呼んだりした。

寛は、滝野の父が、あまりにも、無理解だと嘆き、また、登美子の親も、娘のしあわせを願っているとは思われないと批難がましく言った。

「詩人は、世にいれられないものだ」

と、いう寛の盃に、晶子と登美子が、盃をあわせて、

「『明星』のために、若いいのちをささげましょう」

と、誓いあった。晶子は、酒に強かったが、殊に、この夜は、酔わなかった。かえって、冷静になっていた。晶子の白い肌は、ほんのりと桜いろに染まり、身のこなしが、ゆるやかであった。

登美子は、しきりに盃を口に運び、

「先生、私、どうすればいいの」

と、寛にすがって、泣き狂った。

「歌の別れは、恋の別れ」

ねえ、お姉さま、私の気持察してよ、と登美子は、晶子の手を握った。

膝の上に登美子を寝せて、

「じっとしていらっしゃい。先生も、私も、決して、あなたを棄てようとは思っていないんだから、ねえ、先生」

と、晶子はなだめた。

「そうだとも、新らしい歌の開拓者は、あなたたち二人だからね。どこにいたって、歌はつくれるさ。登美子は、僕の妹だ」

寛は、登美子を手離しがたく思っていた。

登美子は、死にたい、死んでしまいたいと叫びながら、顔をあげたとき、唇から血が流れていた。登美子の小指が嚙み裂かれていた。

「しようのない人ね」

晶子は、傷の手当てをしながら、登美子の、はげしい情熱に気おされていた。

「少し、休んだら、酔いがさめるでしょう」

晶子は、次の間に、寝床を敷かせて、登美子を運んだ。

登美子が、もし、寛が滝野と別れることを知っていたら、駐七郎と結婚しなかったであろうと晶子は思った。

「鉄南君は、元気ですか。彼は、まだ、やわ肌のあつき血しほにふれも見でさびしからずや道を説く君というところですかね。彼は純情だからなあ」

「鉄南さまから、誰のことを詠んだのか、聞かせて、ほしいと言ってきました。もう、あんな歌は詠まないからと、お詫びしておきました」

「梅渓君も、あれは、てっきり、鉄南のことだなと言っていましたよ。大げさな男だが、あの歌には参ったらしいな。梅渓は、身ぶるいがすると言っていたよ。あの歌は、新らしい女が旧《きゅう》弊《へい》な男へつきつけた縁切り状だからな」

「先生が悪いんです。私は、いけない子なんです。先生にお目にかかったばっかりに、私は罪の子になってしまいましたのよ」

鉄幹は、晶子を膝の上にのせて、みだれた髪の毛を、やさしく愛撫しながら、

「登美子も、とうとう国へ帰るか。今は、晶子だけが、頼りになった」

と、言った。

「少し、冷えてきました。登美子さんとお風呂をいただこうかしら」

晶子は、登美子を起して、いっしょに風呂場へ行った。

「大きなお風呂場ね。あら、菊が咲いているわ。ごらんなさいよ」

登美子は、風呂場の窓をあけた。

登美子は、冷たい水を、ごくごく音をたてて飲んだ。

「おいしい水よ。山清水なのでしょう」

晶子も、登美子に真似て、柄杓《ひしやく》へ口を運んだ。

晶子は登美子といっしょに、寛の部屋の隣りに寝た。

襖越しに、まだ、三人は語りあっていた。

「晶子姉さま、きょうも、うちへ泊ったことにしたら。私は、あなたのところへ泊めていただいたことにしますから。お互いに示しあわせておかないと、妙なことになるといけないでしょ」

「そうね。お願いするわ」

登美子は、いつも、大胆であった。

晶子は、急に疲れがでて、眠ってしまった。

夜中に、ふと、晶子がめざめたとき、傍に寝ていた登美子がいなかったような気がした。

明け方の雨戸を、そっと繰《く》っていたとき、晶子の心にひらめいたことであった。

登美子は、晶子の枕に、自分の枕を押しつけるようにして、少し、口をあけて、寝ていた。

夢だったのかもしれないと晶子は思いなおした。

夜がふけてから、

「いっしょに雑魚寝《ざこね》をしませんか」

寛に誘われて、ふたりは、男の匂いのする、寝床へはいった。あのときの、畳の冷たい感じが、まだ、晶子の足の裏に残っていた。

登美子を置いたまま、自分が先きに部屋へ戻ったのかもしれない。夢うつつのなかで、捉えがたい記憶が、晶子の心のなかを駆けめぐった。

六日の朝、空は晴れてはいたが、底冷えがした。

寛は、ゆかたを二枚重ねて着ると、

「これをお締めください」

と言って、晶子は、えんじ色の疋田《ひった》のしごきを差しだした。

「毒がある君の血のようだ」

と言いながら、寛が締めた。これは、寛が「君が胸に毒矢なげしは昨日なり」と詠《うた》った上の句を受けて、晶子が「罪のむくひのすみやかなるよ」と付けたからであろう。

朝飯をたべてから、京都駅で東京に帰る寛をふたりは見送った。

結婚に踏み切った登美子は、淋しくてならなかった。

「結婚してのち、もし、恋の歌をよんだら、どうなるでしょうね」

「ひと波瀾おきて、おもしろいでしょ。登美子さん、私なら、きっと、やってみせるわ」

登美子の恋の相手は寛だが、晶子は、少しも痛痒《つうよう》を感じなかった。

花野

東京へ帰ったが、林家から去ってほしいと申しわたされたとは、寛は、滝野に言いだしかねていた。

「福山では、みなさん、お達者でしたよ」などと、言いにごして、「明星」十一月号の編集の追い込みにかかった。

このなかにのせた、登美子の「住の江にて摘める草にそへて」という詞書のある

それとなく紅き花みな友にゆづりそむきて泣きて忘れ草つむ

や、また、

我いきを芙蓉《ふよう》の風にたとへますな十三弦を一《ひと》いきに切る

には、寛は深く感動した。

晶子の「うなじをばあつきかひなにまかせしは夢なりけるよ松おひし処」や、「前髪のみだれし額《ぬか》をまかせたるその夜の御胸《みむね》あゝ熱かりし」には、寛は、思いあたるところが多くて、血のさわぎを覚えた。「友のあしのつめたかりきと旅の朝わかきわが師に心なくいひぬ」や、「次のまの雨戸そとくるわれをよびて秋の夜いかにながきみじかき」にも、粟田山の思いがこめら

れていた。晶子は、短歌の連作という形式で、自分にあてた恋文を書いているのだと寛は思った。別れたのち、晶子から、登美子の様子を知らせてきた。

寛ははげしい気持で、「敗荷」や、「長酔」「山蓼」などの長詩に、ふたりに対する愛を托していた。この号の「明星」に発表するためである。

住の江から、蓮が送られてきた。それは、ふたりの、たのしい思い出を届けたにしては、あまりにも淋しい色をしていた。

寛は、晶子にあてた返事のなかに、「長酔」は髪乱したまへる君のため、「山蓼」は、かの足冷かりし人のためにと書き、また、晶子と登美子がいっしょに撮った写真を送ってくれと頼んだりした。

「明星」の印刷所の、麹町区飯田町四丁目、成功堂気付で手紙を出すようにということも書き添えた。

滝野の眼が光りだしてきたからであった。

「鳳晶子さんて、あなたと、どういう関係の人ですか」

と、滝野は寛に聞いた。

「まあ、僕の恋人というところかな」

寛は、そんなことは、妻の滝野にも、隠さない性質であった。露出癖のように、「明星」にも発表していた。寛が滝野を「白芙蓉の君」と言ったり、登美子を「白百合」晶子を「白萩」

というのは、決して隠語の意味ではなくて、美称なのであった。

また、「ちぬの人」と晶子を呼んだり、登美子を「若狭の人」、滝野を「周防の君」と書いたりしたのは、生まれた国を愛称にしたまでのことである。

相手にだけ通じあえば、それは恋という道がつくことになるので、第三者にはわからないところがあるけれども、ひそやかなたのしみがあった。「明星」は、若い人たちからも、日向で恋をささやく場所と思われていた。

晶子からの便りが、滝野の眼に、ただならぬものを感じさせるようになったのは、粟田山に泊ってからのちのものであった。

このなかに、親子三人がたのしく暮せるものなら、罪多い自分は、死んでもいいというような、晶子の思いつめた気持が書かれてあった。

滝野は、まじめな、ひとりの娘を、寛は、だましているらしいと思った。

「晶子という人が、あなたを好きなぐらいは、このわたしにも、わかっています。わたしの眼だって節穴ではありませんからね」

滝野は皮肉に言った。

「どうしたっていうんだ。ちっとも、見当がつかないね」

「あなたは、父から、なにか言われて来たんですか。どうも、様子が変だと思っておりましたけど」

「それなんだよ。僕が詩人としてたつから、家業をつぐことは、まっぴらだと言ったんだ。だから、あとは萃に継がしてもらいたいと頼んだら、約束がちがうから、離縁しろ。滝野と萃は、こっちに引きとると、おやじさん、かんかんなんだ。お前は女癖がわるいなどというところをみれば、かなり、いい諜報員が、こちらにいるらしいな。それにしても、こんな莫迦げたことがあっていいと思うかね」

滝野は、

「なんだって、そんな大事なことを、今まで私に黙っていたの。それなのに、手紙を見れば、あなたの恋人か、なにか、知れないけれど、晶子という人には、打ちあけているらしいじゃあないの。私は、そんな、あなたを許すことができません。わたし、そんなに悪い妻だったでしょうか」

と言って、はげしく泣いた。

不幸な星のもとに生まれ、養家から養家へと転々として育った寛が、世に拗《す》ねるのも仕方ないことだと滝野は思ってきた。しかし、妻である自分には、素直な気持を見せているだろうと信じていた。それが、みごとに裏切られたのだった。

「ゆるしてくれ。白芙蓉の君よ。どうして、こんな哀しいことを伝えて、お前を泣かせることができようか。僕は死んでしまいたい気持なんだよ」

寛は薄く涙をためていた。

「そんな甘い言葉で私はだまされません。私は、長いあいだ、あなたが、どういう人か、いっしょに暮して見てきたんです。私だって、女ですもの、若い娘さんたちを恋人あつかいして、うつつをぬかしているあなたに、たまらない、いやな感情を持ったって、なんのふしぎもないでしょう。ただ、変な勘ぐりはやめてください。親に心配をかけると思えば、これまで、どんなにつらいことがあっても、一度だって、親に相談の手紙を書いたことがありませんのよ。それは、浅田さんのお嬢さんのことです。郷里から来た人に聞きました。そんなことだって、これまで、あなたにだまっていたじゃありませんか。古傷に触るようなことは、私、いやなんです。ただ、赤ん坊もできたことですから、やたらと女の人に甘い言葉を掛けて、迷わすことだけは、やめていただきたいと思っていました。あなたが、その気になってくれたら、親がどう言おうと、私は別れようとも思いません。まさか、私と萃の首に縄をかけて、どうしても連れてゆくとは考えられませんからね」

寛は、うなだれて、涙を流していた。

「どうなんです、あなた、はっきりと男らしい返事をしたら、いいじゃあないですか」

「滝野、ゆるしてくれ。晶子は自分にとって、どうしても、必要な人なんだ。晶子も、僕がついていなければ、だめになる。そんな人は『明星』のなかに、まだ、いるにちがいない。僕の結婚は、どうやら失敗だったという気がするね、詩人は、詩人と結ばるべきものなんだ。天才は、天才にしか理解されない、なにかがある。こういう孤独感は、お前にはわからないから、慰さめようもないだろう。滝野は、僕の昔の教え子だ。先生のいうことだと思って、晶子のこと、聞きいれてはくれまいか。頼むよ」

寛は、いらだって、自分の髪を掻きむしりながら、滝野をくどいた。

「私は、いやです。どうしてもいやなんです。そんな不潔なこと……」

「お前と晶子は、きょうだいと思えばいい。僕のことを兄だと思い、その兄のために、尽すのだという気持になれないものかね。僕は滝野も好きだし、晶子もかあいい。滝野だって、僕が好きなら、僕が愛している晶子を憎むことはないではないか」

「よそのお嬢さんを、どうして、晶子なんて、そう、呼びつけになさるんです。あなたとは、もう、ただの仲じゃあないという証拠よ。わかりました。私は、よく考えたうえで、自由な行動をとりますから」

滝野は、寛が妻と思わずに、まだ、恋人と思っているらしい口振りに肚をたてていた。萃が生まれたのに、寛は父親としての自覚に欠けている。滝野の父が、寛に見切りをつけたのも、当り前だと思った。

「明星」の十一月号は、月末になって、やっとできあがった。寛が旅疲れで寝ついたり、また、自分で書く原稿が、なかなか書きづらいためでもあった。滝野が、晶子のことを気づいたと思ったからである。それに、両手に花だなどと思っていた晶子と登美子ではあったが、登美子が駐七郎と結婚の意志をかためると、急に、晶子が寛に重みをかけてきた。寛を取りまく、星座から、登美子が流れ星になって消え去ったため、恋の運行が狂ったのであろう。

寛は、今度の「明星」の出来栄えには自信があった。それが、一条成美の描いた裸体画のために、発売禁止になってしまった。さっそく、新詩社の基金募集が企てられたが、「明星」の経済的な打撃は大きく、十二月号は、表紙の無い臨時号で、どうやら、切り抜ける有様であった。

「こんなことになって、僕は、この家から逃げだしたい気持ですよ」

一条成実は、「明星」発行所を兼ねた寛の家に同居していた。この信州生まれの天才風俗画家を、寛は弟のように愛していた。「明星」が、若い人たちに、熱狂的な支持を受けたのは、表紙や挿画に、清新、溌剌とした筆をふるった成美の力におうところが多かった。

「そんな弱気で、どうするか。天才は、いつの世でも、迫害を受けるものだよ。まあ、一杯やりたまえ」

寛は、酒壜《さかびん》をさげて、成美の部屋を見舞った。口癖になっている「二日酔の頭《かしら》痛きをさもなげに可愛《かあい》成実が絵のこと語る」と寛は繰返しながら、心は金策で、いっぱいなのであった。

寛の強がりは、失意の裏返しなのだと、いつも、滝野は思っていた。

「ばあや、私のきものを、ありったけ、質屋へ運んで、できるだけ、お金にしてちょうだい。先生に早く、立ちなおっていただかないことには……」

滝野は、ばあやの河本もよに頼んだ。郷里の父への無心は、もう、できないと思っていた。

「旦那さまも男じゃあ、ありませんか。高利貸からでもなんでも、借りてきますでしょ。それに、奥さまは、あまりにも、人が好すぎはしませんか。だから、旦那が羽根をのばして、勝手なことをなさるんです」

せまい家なので、もよは、家庭のいざこざは、なんでも知っていた。まだ、稲瀬川という相撲取りの女房だったころ、若い女を置いて、曖昧屋《あいまいや》をやったもよは、男女の機微にも通じていた。

寛は、

「お前にも、難儀をかけるな。こちらでも、心当りに手は打ってある。当分は、家の方も切りつめて、がんばってくれ」

と、滝野に言った。ひょっとしたら、このまま、静かな生活がつづくかもしれないと、萃に乳をのませながら、滝野は考えていた。

年の暮には、こうして、「明星」の明治三十四年新年号が順調に発行された。

梅という な

明治三十四年元旦は、二十世紀にはいった最初の日であった。

寛は二十九歳、滝野は二十四歳で、萃は二つになった。

「ほんの、少しのちがいで、萃は、二十世紀の子になりそこなったな。十九世紀の古さと、二十世紀の新らしさに両脚をかけて、萃も、やがて、よちよち歩きをはじめるだろう。僕は、二十世紀を手がかりに、ことしは、大きく若返るつもりだ」

寛は、二十世紀の恋をすると口に出かかったが、だまって滝野の丸髷《まるまげ》姿を見ていた。

一月三日に、新詩社の集まりが、鎌倉の由井が浜でおこなわれることになっていた。水野蝶郎、高須梅渓、高村砕雨《さいう》、それに前田林外《りんがい》、有本芳水《ほうすい》などが参加した。

「二十世紀をことおぐのろしをあげよう」

砕雨の高村光太郎が、上野の美校仕込みのお祭り騒ぎを提案した。

「文庫」から移ってきた水野蝶郎は、

「それがいい、それがいい」

と、賛同して、枯草に火をつけた。野火は、燃えひろがり、若い蝶郎の興奮した横顔を照らしだした。

この若い人たちが、新詩社のホープだと思いながら、寛は燃え拡がる野火の勢いを眺めていた。

六日に、新詩社神戸支部と関西文学会共同主催の文学同好者大会が、神戸の山手倶楽部でおこなわれることになっていた。寛は、これに出席するため、鎌倉から、その足で京都へ向けて出発した。

河井酔茗も、東京から堺に帰っていて、山手倶楽部の大会は盛会であった。五十人あまりが、朝の九時から夜の九時まで、寛を中心に、詩歌を発表したのち、新年宴会がつづいた。

寛は、余興に「日本を去る歌」を朗詠した。この長詩は、「明星」の新年号に発表したばかりであった。

詩人の行動は天馬空《くう》を行く
不道徳や無頼や風俗壊乱《くわいらん》や
悪語頻《あくごしき》りに父祖の国に誤らる
ああ人間《ひと》の縄を以てわれに強《し》ふるか
迫害の時代に抗するは愚なり
われ遂に居るべからず

の一節を朗詠しながら、寛は絶句して涙を流した。読経にきたえた寛の声は、人を魅了する、ふしぎな力があった。寛は、しきりに鳳晶子と逢いたくなっていた。

七日と八日は、大阪北浜の平井旅館に泊っていた。主人の政七に頼まれて、寛が色紙を書いていたとき、中山梟庵が小林天眠を連れて、現われた。

「発売禁止とは、飛んだ御難でしたな」

天眠は、寛をねぎらって、

「これは、ほんの些少《さしょう》ですが、明星の印刷代にお廻しください」

と、紙包みを渡した。

「あの裸体画が引っかかるなんて、東京はお膝元だからでしょう。関西の方は、ずっと取り締まりがゆるいですよ。ことに大阪は西鶴を産んだ土地ですからなあ。こちらへ参りませんか。できるだけのことはしますよ」

寛は、ふと、天眠の大阪誘引にひかれたが、思い直した。

「都落ちするような苦境にたったら、お願いしますよ。無理な工面をしましたので、金貸に、やいやい攻められていますが、それが、今の僕の生きがいにもなっています。こちらへ息ぬきにきて、ほっとしているところです」

寛は、寂しそうに笑った。これまでは、山川登美子に逢えるたのしみもあった。登美子を通じて、晶子にも逢えた。

九日、寛は京都へたった。粟田山の辻野で晶子と逢う約束が手紙でできていた。

大阪を出るとき、梟庵が、まだ、大丈夫なのですかと、時計を気にするほど、寛は腰を落ちつけていた。

「なに、まだ、いいんだ。夕方になってから出掛けるよ」

晶子を今夜は泊めようと考えていた寛は、なるべく夜になってから辻野へ行こうという気になった。そのくせ、晶子が待ちきれずに帰っているかもしれないという不安があった。梟庵と話していても、つい、うわの空になったり、また、急にせき込んだ調子で話したりした。

京都に着いたとき、霧雨が降っていた。

辻野へ近づくと寛の足は、おのずと早くなった。「梅というな、百合というな」と繰り返しながら、寛が辻野の門口へたったとき、闇のなかから、「梅というな、百合というな」という晶子の声が返ってきた。この言葉は、鉄幹の長詩「相思」の書きだしなのであった。

夜の空気が動き、髪の匂が濃く寛にせまってきた。傘をさした晶子は梅の精のようであった。

晶子は、幾度か、外へ出ては、寛を待っていたらしく、握った晶子の手は冷たかった。

「もう、いらっしゃらないと思ったりして……」

晶子は、寛へ体を投げかけてきた。

「まあ、濡れていらしたのね、お風邪召しますわ」

「やっと、お逢いできましたね。さあ、はいりましょう」

部屋へはいったとき、

「はやく、丹前にお着がえなすって、ひと風呂浴びていらしたら、どうでしょう」

と晶子はすすめた。寛は、去年の秋、ここへ三人で泊ったとき、登美子が、かいがいしく世話するのを、晶子が、だまって見ていたと思った。

この温泉宿は、ふた間しかなかった。近江の商人が先客で泊っていたので、寛と晶子は、ひとつ部屋になった。

「晶子も、風邪をひくといけない。いっしょに、風呂へはいろう」

と、寛が誘った。

「そうしようかしら。どうぞ、お先きに」

と、晶子は言った。

まだ、宿着にかえていなかった晶子は、丸帯を解き、きものを脱ごうとしていたとき、女中が部屋へはいってきた。

「お風呂になさってから、お食事にいたしますね。奥さま、私が、おたたみいたします。どうぞ、そのままになすってください」

晶子は、重い緞子《どんす》の丸帯をたたんでいた手をやすめて、

「では、お願いします」

と、女中に頼んだ。奥さまとは、連れ込み宿の、ただ、言いなれた言葉なのであろう。晶子は、うつろな響きと聞いた。

晶子が、風呂場にはいってゆくと、寛は、壁へ眼をそらした。

「僕、あなたを見ていませんからね」

と、寛は言った。

「登美子さん、この頃、冷静になったらしくて、いい便りをくれますの」

晶子は、登美子のことが思われてならなかった。

同じ湯槽《ゆぶね》につかりながら、晶子は、寛の首筋に、少年のような弱よわしい翳《かげ》が残っているような気がした。しかし、この人には、妻と子がいるのだと思うと、ふしぎな感じがした。

「女中さんが、わたしのことを奥さんなんていうんです。そうではないと思っているくせに……」

「晶子は、僕の心の妻さ。奥さんて、呼んでも、なんのふしぎはないよ。そうだ、あすの朝、髪結いを呼んで、島田に結ってごらん。きっと、似あうよ。ねえ、そうしたまえ」

寛は、この言葉をきっかけに、晶子の方へ向きなおった。晶子は、夜になって、冷たい雨のそぼ降る道を堺へ帰る気持はなくなっていた。しかし、自分の方から泊りたいというのは、はしたないことだと考えていた。

「ねえ、そうなさい。銀杏《いちょう》返しの君もいいが、島田の晶子を見たい」

「先生のお気に召すなら」

丸髷姿の滝野や、登美子のことを晶子はうらやましいと思うのであった。滝野は、自分と同じ二十四歳で、登美子は、ひとつ年下であった。寛にめぐりあうことが遅過ぎたとくやまれた。

遅い夕食をとって、ふたりは、火鉢に手をかざしながら、静かな雨音を聞いていた。

寛は、生まれてから、きょうまでに、こんななごやかな時があったろうか、と張り替えたばかりの、白い障子をみていた。

「いつまでも、こうして、二人でいたいなあ」

と、寛は言った。

晶子は、うつむいて、衿に頤を埋めながら、

「わたしだって、苦しくって、死んでしまいたい」

と、上眼づかいに寛をみた。

「先生は、ほんとに罪な人です」

「まあ、そう言ってくれるなよ。僕も、やはり、生きているのが、いやになってもいるのだ。君たちにわからない、経営上の苦心もあるし、……いっそのこと、君が愛想づかしをして、どこかへ行ってくれたらと思うことだってあるさ。それなのに、いのちの支えになっているのが、君たち、いや、君なのだからね。人を恋することが、こんなに苦しいものとは思わなかった」

「うちでは、わたしを、店の人といっしょにしようと思っているらしいの。ここへ来る前にも、そんなこと、父から言われました。うす、うす、勘づいてもいるらしいんです。この頃、ちっとも、先生のこと口にしないもんだから、妹の里子も、言うにゃ、まさる思いなんて、わたしのことひやかすんですもの。わたし、ひとりで、先生のこと思っているうちに、心の奥にはいりこんでしまったらしいんですのよ」

「とにかく、僕たちは、愛しあっているんだ。このことだけは、たしかな手答えのあることなんだからね。人を恋することを、ひたかくしにするなんて、封建的な考え方だよ。二十世紀の恋は、自由で、明るいものだと思うな。少なくとも、ふたりのあいだだけは、ありのまま、自我を発揮しよう」

「そんなことをして、おこまりになるのは、先生じゃあありませんの」

晶子は、ちくりと刺すように言った。

「お床を敷かせていただきます」

晶子は立ちあがって、窓をあけ、手すりに寄りかかって、外を見ていた。しきりに地上で、重い音がした。雨に打たれて、椿がおちていた。晶子は、上気した頰を、冷たい夜風にさらしながら、大きく息を吸い込んだ。

「寝床は、ひとつか。君、疲れたろう。やすみ給え。僕は、まだ、少し、用があるから」

晶子は、家に帰らなかったことを、少し、くやんでいた。それなのに、このまま、戻らずにすむなら、どんなに、しあわせだろうとも思った。

「では、お先きにやすませていただきます」

晶子は、これが自分の意志で決めた、ただ、ひとつの道なのだと、はっきり自分に言いきかせてから、しずかに寝床へはいった。

晶子は、朝の寝床のなかで、小鳥の声を聞いていた。

どんよりと空は曇り、底冷えがした。

約束の髪結いがきた。次の間で、晶子は、みだれた髪を島田に結いあげてもらっていた。朝だちの商人が、いつ、出掛けたか、晶子は気づかずに、眠っていた。瞼がはれぼったいと思いながら、鏡をのぞきこんでいると、

「奥さまのおぐしは、あまりにも多いものですから、たっぷりと鬢《びん》をお取りになった方が、お

似あいと思います」

「そうですか。癖が強くて、結いにくいと、よく、申されますのよ。じき、こわれてしまいますの」

「鬢のほつれは、枕の咎《とが》よ、と小唄にも、あるじゃあ、ござんせんか。男衆《おとこしゅ》に、いじめられる髪なんですよ。おうらやましい」

鏡のなかの晶子は、首筋まで赤くなっていた。怒ったように、眼を閉じて、黙っていた。髪結いの浮いたお世辞は、聞きたくなかった。

　たまくらに鬢のひとすぢきれし音《ね》を小琴と聞きし春の夜の夢
ふと、晶子の頭に、浮かんできた。どこからか、きらめくように、この歌が運ばれてきたような気がした。

　みだれ髪を京の島田にかへし朝ふしてゐませの君ゆりおこす
晶子の心のなかに邪魔していた、重い石が、誰かの手で取り去られたように、歌の小川が、さらさらと流れだしていた。誰かの手は、星の子寛の手なのであった。一夜が明けて、教祖のお筆先きのような神秘な力が、晶子の歌にあらわれていた。

ひとすじに人を恋したら、生まれかわることができると晶子はわかった。これは、涙がでるほど、ありがたいことであった。

晶子は、湯あがりの朝化粧に、口紅を少し濃くした。

寛は、まだ、眠っていた。眼のあたりがくぼんで、疲れが隈《くま》をつくっていた。詩に瘠せ、貧にやせ、恋にやせた寛は、腕をなげだして寝ていた。剣を握るには、華奢《きやしや》すぎる、すんなりと伸びたこの指は、憎らしい恋の手管《てくだ》を知っていると思いながら、晶子は口にいれて、やわらかく嚙んだ。

寛は、うっすらと眼をあけて、晶子の島田を見た。

「誰かと思ったら、晶子か」

と、言った。

「登美子さんと夢でお逢いになっていたのでしょ。憎い人」

「まあ、そんなところかな」

寛は、床の上に起きあがった。滝野は、その頃、出産後の肥だちがわるいと、同衾《どうきん》をこばんでいた。原因は、晶子に気を移したことなのだとは知っていたが、寛は、どうしようもないことだとあきらめていた。

ふたりは、朝の庭におりて、寒椿をながめたのち、ひっそりと部屋に籠っていた。

エデンの園のアダムとイブは、果実をたべてから、こんな、なごやかな時間を持たなかったと思い、地上に生まれた人間のしあわせを、晶子はかみしめていた。

「ふたりで、ただ、ふたりだけのことを考えているのが、恋の醍醐味《だいごみ》なのでしょう。男の人を好きになるのが、こんなにも、すばらしいものとは、わたしの知らなかったことです。先生と、こうして、いっしょにいるなんて、わたし、信じられません」

「僕も、最初の印象から、ああ、この人だったという気がしました。僕は、包まずに言うが、これまで、長い恋の巡礼はしてきたのですよ、僕は少女趣味というのかな、若い女の人が好きなんですよ」

晶子の膝を枕にしながら、寛は言った。

「わたし、ちっとも、後悔はしておりません。家に帰ったら、叱られるだろうと思いますが、じっと耐えて、先生との恋のために、どこまでも、戦い抜いて行きます。もし、この恋が実をむすばなかったとしても……」

晶子は、自分に言いきかせているらしかった。

「もう、ひと晩、先生との別れを惜しんで、あとは、死んでもくやまない」

登美子は、こんなとき、よく、はげしく泣いたものだと寛は思いだしていた。登美子は思考のあとに体がついてくる感じだったが、晶子は、からだから思考が咲いてくるようなのである。

近くから、遠くから、夕方を知らせる寺の鐘の音が湧いてきた。

「僕は、この近くの岡崎で生まれた。鐘の音を子守唄に聞いて……」

寛は、童僧のような、あどけない表情をして、遠く耳をそばだてていた。

寛は高利貸のことが心配になっていた。仲間の内海月杖《げつじょう》が「明星」のために、高利貸から、金を引きだしてくれていた。月杖は文部省に勤めていて、同僚の二人が連帯保証人になっていた。官庁の給料日には、高利貸が勤め先きまで押しかけてゆくので、月杖は、上役のうるさがたから注意を受けていた。

寛は、貧乏なれがして、あまり、くよくよしなかった。東京へ戻ってからのことだと、思い決めて、その夜は、早く寝ることにした。

一条成実は、酒をのむと、きっと、女が買いたくなると言っていた。最初に酒を教えた先輩が、飲んだあとで吉原へ連れて行ったのが、悪い癖になったらしいというのだった。寛は、世のなかが、いやになったとき、きっと、女が欲しくなった。これは、初恋のときの事情によるのだろうか。

寛が、遠里小野の安養寺から逃れて、岡山の安住院に長兄を頼って、岡山中学校にはいろうとした。予備校に通ったが、数学が不得手だったため、入学試験に失敗した。神童といわれた寛の、挫折感は大きかった。寛は、死にたいと思ったが、このとき、お安という新内語りの娘と、はげしい恋をして、やっと、生きのびる気になった。寛が十五のときで、お安も同じ年であった。「明烏」が、寛をひきつけたのは、お安が、新内を語るとき、いても、たってもいられないというように身をもんで、ふりしぼる声から、性の匂いをかいだからであった。お安のからだには、幼ない色っぽさがにじんでいた。寛が早熟だったのであろう。過去を振りかえると、いつも、寛は、失意のときに、激しい恋をしていた。

晶子は、寝床のなかで、歌のことばかり思っていた。

静かな夜の闇を椿の花が重たげに地上へ落ちるたびに、ひとつの歌がうまれてゆくような気がした。しかし形をとろうとしてもがきながら、歌の構想が晶子の心のなかでくずれ、消えてゆくようであった。

夜明け方、晶子は寛にゆりおこされた。くつろげた長襦袢《じゅばん》から、乳房があらわれていた。

「長詩ができたよ、『春思』という恋の詩だ。読んでみるから、聞いてくれないか」

寛は、静かに読みはじめた。

山の湯の気薫《けくん》じて
欄《おばしま》の椿おつる頻り
帳《とばり》あげよ
いづこぞ鶯のこゑ

木の実の酒紫に
うくる手わななくか
さるは盃に口ふれて
酔ふ子の智慧問ふな

粧《けはひ》羞《は》づる朝の星の

それか眼眸《まなざし》たゆげに
見てさし俯《うつぶ》くに
涙そぞろなり

恋とや君
なさけ人間《ひと》に堕ちむ
理想とや君
ことわり地を離る

われおもふ酒の旨《あま》きは
哲人もうべなはむ
許せもゆる手肱《ひぢ》まきて
ただ没我《われか》の二人

また何をかへりみむ
世の末に聖《せい》ありや
かの鞭をあげて罵る

みな旃陀羅《せんだら》の子等

如かずわれを知る子に
われを知る子の胸に
わが瘦せし額《ぬか》まかせて
わが破格の歌誦《ず》せむ

君さては嬉し
焼刃《やきば》のこぼれ見て
むしろ剣の功績《いさを》称《たた》へ
飄零《うらぶ》れし今日《けふ》の我を責めず

祖国《くに》に入りて親なき子
掩《おほ》ふとや
いざ倚《よ》らむ
お丶温き紫の袖

われ受けざらむや
その慰藉《なぐさめ》の千言《ちこと》
疑はずこの地の上
今二人《ふたり》笑みて抱《いだ》く

見よ瑠璃《るり》色の靄《もや》動きて
ほの白き花の香は何
これ君が謂《い》ふ神秘か
虹うつくしく懸る

ふと見ればあな
真白き翅《つばさ》君生ひたり
と思ふにわれも何時《いつ》か
風に御《ぎょ》して飛ぶ身

晶子の眼から、涙がつぶつぶとふきだしてきた。哀しいためのものではなくて、恍惚の境にいる想いなのであった。

十一日の朝、晶子は、堺の近くまで、寛に送られて帰った。

「また、近くに、きっと逢いに来るよ」

寛は、幾度も、晶子の耳もとでささやいた。

ふた夜妻

東京に帰った寛のところへ、櫛《くし》の歯をひくように晶子から手紙が来た。滝野に知られてこまるものは、飯田町の成功堂あてにしていた。

「奥さま、こんな手紙が、旦那さまの袂《たもと》から出てきましたよ」

寛の着物をたたんでいた婆やのもよが、滝野へ、その手紙を渡した。晶子からの手紙で、成功堂の気付になっていた。滝野は、そのころ、脚気《かっけ》で、寛の身の廻りの世話も、婆やにまかせていた。母乳が障わるので、牛乳にかえたが、萃の消化不良は、なかなかおらなかった。

「なんだって、こちらへ出さずに印刷所あてに出したんでしょうね」

滝野は、ひとりごとを言った。

「それなんですよ。ちょっと、これは臭いと思いましてね」

もよは、滝野の反応をたしかめるように言ったが、

「ありがとう、あとで読んでみるわ」

と、萃のおむつをかえていた。もよは、静かな生き方がきらいらしくて、なにか、波風がたつのを喜んでいるようなところがあった。

「詠草おくりまゐらす時、すぎしは歌よむまじときこえし。このなやみもちていかでとおもひしに候。この一月二月、せめてたのしく、あたゝかくと云ひ居給ふ君に、かゝるまどひきかせまゐらすことかと、そはまこと〳〵くるしくおはしき。……」

滝野は、晶子の読みにくい字をたどりながら、作歌の上での質問状と思った。疑ったことを恥かしくなっていた。しかし、その先きには、

君さらば粟田の春のふた夜妻またの世まではわすれ居給へ
世のつねのそれに見られぬ情ぞと今この時にあゝせめて君
今かくて今かゝる時その星に恋とはざりし子とおもひ出よ
いとせめてのこすこの袖世故《ゆゑ》なくみ涙うけんわがねがひなり

われあたゝかし、おもふことなし。死にたしとおもふ時死なれで、人恋しく〳〵のこるこゝろおほき今死、かゝるかへりて死なるゝものか。わがすくせにすぎしえ、恋のむくひかとなどおもひ候。あたゝかしとおもひしころは、まこと恋たらずおはしき。星の子、人の子としてのさま〳〵のことおもひつゞけしはてに、さ云へ恋しとおもひし君。

このことにつきては何も〳〵云ひ給はるな、とひ給ふな、はづかしく候。

玉野様と云ふひと、大分としのゆきし人のやうおもはれ候。

君、けふは何やらはづかしく候。さらば。
夢見し朝、二日の朝
あき子
与謝野様
み前に
滝野は、晶子の心の乱れを見せた便りが読みにくくて、幾度も、繰り返しているうちに、からだに震えがきた。滝野の身のまわりに、大変なことがはじまっていると知ったからであった。
寛が京都から帰ってきたとき、
「粟田山で、梅を見てきたよ」
あのあたりは、昔のままで、ちっとも変っていないと滝野に言った。
「どなたといらしたんですか」
と、滝野が聞いた。
「中山梟庵君といっしょだった」
寛といっしょに暮しているうちに、滝野は、秘密をだまって打明けずにいられない人なのだと思うようになっていた。悪いことをした子供が、早く母親に気づかせて、叱ってもらいたいようなのである。だから、粟田山と聞いたとき、もしや、なにかがあるかもしれないとは考えていた。

晶子の「二夜妻」という文字が、滝野の心に、なまなましく焼きついて、離れない感じであった。

寛は、高利貸に攻めたてられ、「明星」の二月号は発行できないかもしれないと嘆いていた。

また、一条成実は、「明星」が発売禁止にあったのち、寛と言いあって、出て行ってしまった。

家のなかは、ひっそりと暗い感じになっていた。

「こんなときに、女にうつつを抜かすなんて、ほんとに頼りにならない男だ」

と、滝野は、肚がたってきた。しかし、晶子の手紙のことはだまっていた。寛が新詩社という事業をやっていて、それが困難な状態のとき、内から足をひっぱるようなことは、はしたないと自戒したからである。

寛のために、高利貸から金を引きだした内海月杖は、

「金利だけでも入れて、証書の書き換えをしないと、保証人に累《るい》をおよぼすことになるからな。僕と君のあいだなら、どうなろうとかまわないが、僕を信用して保証にたってくれた人たちの顔をつぶすことはできない」

「すまない。僕の見通しがあまかったんだ。それにしても、無い袖は振れないから、どこか新らしい口の高利貸を探すつもりだ。滝野、ちょっと、出掛けてくるよ」

月杖は、あたふたと帰って行った。

「高利を払うために、高利にすがる。これでは、あっち、こっちに、やたらと火をつけて、野

火を大きくするようなものですね」

「明星」も、どうなるのだろうと滝野は、不安になった。

「他に、なにか、打開の方法があるとでもいうのか。行けるところまで行ってみて、倒れたら、それも、仕方がないではないか。こんなとき、親類縁者は、なんの役にもたたないからな」

これまで、どれほど、郷里の父親から、金の無心をしてきただろう。それでも、まだ、足りないというのだろうかと滝野はあきれていた。

二月十五日付で、晶子から手紙がきた。滝野は、親展と書かれてあったが、すぐに封を切って読みはじめた。

やすまむとせしに候へど、また店へまゐり候。毎夜やすむ前に「相思」を見るのに候。終りにみ写真見て、そしてやすむのに候。あたゝかくやすむのに候。

かのとぐちに湯の気のもれて、しばらくして君やみの中にあらはれ給ひしよりを現実のやうにおもひなして、かの「相思」梅といふな、百合といふな、といく度かくりかへし給ひし、それよりとおもひて、現実とおもひてやすむのに候。昨日もおとゝひの夜もかくやすみしに候。

いつ、寛が写真をおくってやったのだろう。この手紙で見れば、ふたりは粟田山へ泊っているではないか。こんな便りをうちへ寄こすのは、晶子の挑戦としか思えない。

「晶子というひとは、なんという図々しい女だろう」

滝野は、しかし、これが寛の指図にちがいないと思った。

「相思」は、二月号の「新文芸」にのっていた。

梅といふな
百合といふな
譬喩《たとへ》つめたきに
ただ少女《をとめ》と云へ

このやは手
夕もゆるに
野の羊追はんは
人の鞭なり

さらば君
かぎりありや
はじめありや
恋は我れ想ふ
遂に夫《そ》れそぞろ

すくせ問はば
髪みだれたり
きぬ破れたり
人の子のまへ
栄《はえ》ある二人か

巌かげの寒きに
またたく星見て
さは云へどしばし
あゝわりなし
世すてられず

名には盲児《めしひ》
なさけには乞丐児《かたゐ》
もろきいのち
ながきそしり
それも悔いじ

ひそかに誇る
くれなゐの袖かみて
また千とせ説かず
つよくつよき
このふたりが恋

ほそ糸に
何の永久《とは》の音《ね》
春みじかく
琴は裂くるも
あゝ我歌よ激しかれ

滝野は、ふたりの恋を公開して、いい気になっているらしい寛が、心から憎らしくなった。晶子との関係を知らないのは、誰よりも寛の身近かにいる自分ではないかと滝野は屈辱感をおぼえた。

寛の生き方に、愛想をつかしていた滝野は、別れて郷里へ帰る決心をした。萃は、これから晶子といっしょに暮すことになりそうな寛のところへ置いてゆく気もしなかった。

「あなたは、晶子という恋人といっしょにお暮しなさい。わたしは、悪い夢をみていたのだとあきらめますから。それにしても、あなたは、ひどい人ですね」

萃は、ひよわい子で、空気のいい田舎で育てた方がよいと医者から言われてもいた。

「滝野、落ちついて、よく考えてごらん。それでは、萃を父親のない子にしてしまうではないか。もう、少しの辛抱だ。もちろん、お前が思い込んでいるように、僕は晶子という女性を心から愛している。しかし、晶子の歌を愛するように、その人柄も好きかと言えば、はっきり、そうは断言できないものを僕は感じているのだ。ただ、『明星』は、お前も知っての通り、にっちも、さっちもいかなくなっている。高利貸にはいじめぬかれて、破産寸前の状態なんだよ。一挙に人気をあつめて、雑誌の売れゆきをあげるには、どうしても、人気歌人をつくって、まつりあげなければならない。僕は、今、大きな博打《ばくち》をやっている最中なんだ。晶子という女性は、かならず、人気をさらう女流歌人になる素質がある。芝居の座元が、才能を引きだして、大女優に仕立てるようなものだと思えばいいのだ。今、三月号の編集に取りかかっているが、この巻頭は、晶子の『おち椿』に、かなりのページを割り当てるつもりだ。この興行に、僕は、いのちをかけているんだよ」

「それでは、あなたの考えが、あまりにも不純です。晶子さんを、色仕掛でだますと同じことでしょう。わたしは、つらいけれども、晶子さんを好きになったから、別れてくれといわれたら、その方が救いになりますよ。そんなことで、わたしが喜ぶとでも思っているのですか」

滝野は、寛を怖ろしい人だと思った。自分と結婚したのは、やはり、金が目当てだったかもしれないという気もした。

寛は、滝野をなだめるために、晶子を恋しているとは言わなかったが、「明星」を甦《よみがえ》らせるための、晶子は人身御供《ひとみごくう》だと思っていた。寛は、そこまで追いつめられていた。

三月十日の奥付で、『文壇照魔鏡』第一「与謝野鉄幹」という怪文書が書店にあらわれた。それればかりでなく、目ぼしい作家のところへも寄贈された。

発行所は、横浜市賑町五丁目の田中重太郎を編集発行人とした大日本廓清会、印刷人は、横浜市松ケ枝町の伊藤繁松になっていた。

「鉄幹は妻を売れり」「鉄幹は処女を狂せしめたり」「鉄幹は強姦を働けり」「鉄幹は少女を銃殺せむとせり」などという十六の罪状をあげて、寛をおとしいれようとした内容であった。詩壇から鉄幹を葬りさろうとした悪意にみちたものであった。

寛は、「僕も悪人に仕立てられるような存在になったか」と、別に気にもかけないように振舞っていたが、かなり、衝撃をうけた感じであった。

「滝野、読んでごらん、お前のことも、晶子や登美子のことも出ているよ。とにかく、筆者は、よほどの事情通らしいな」

こんなに与謝野寛を悪く書く必要があるだろうかと滝野は思った。それほど寛が好きで、いっしょになったわけでなかったから、かなり、正確に、また、客観的に滝野は、日常生活を見てきたつもりであった。

「あなたは、こんな人ではありません。いつも、酒の勢いをかりて、大言壮言したり、女のひとのことを話したりするのに、尾鰭《おひれ》をつけて、悪い方にねじまげて書いたような気がするわ。わたしなら、成実さんや梅渓さんあたりが臭いという気がするけれど……」

女は受け身のせいか、直感力で相手を見抜く力があると寛は思っていた。

「まさか、仲間に裏切られるなんて、信じられないよ」

梅渓は、「明星」の同人で、また、寛の経営や編集の相談あいてであった。この正月にも、鎌倉の集まりに顔をだしていた。

「だって、近頃、さっぱり、お見えにならないでしょう」

「そういえば、たしかに来ない。この頃、新声社の装釘《そうてい》を成実がしているので、気がとがめているんじゃあないかな。『明星』から成美を引っぱりだしたのは、あの男とにらんでいたが……」

『文壇照魔鏡』事件は、「万朝報」や「日本」でも採りあげ、大きな社会問題になってきた。「明星」の、もっとも強い地盤と言われた京阪神にも、かなりな動揺が見られた。弘前《ひろさき》の「明星」支部が解散したり、また、誌友の解約もめだってきた。

三月のはじめに、滝野は、直接、晶子にあてて手紙を出した。脚気のため、転地保養がてら、しばらく、郷里へ帰るつもりだ。ご存じのように、寛は女の匂いがないところでは、一日だって生きられないような人ですから、あなたが、身の廻りの世話をしてくれたら、どんなに寛は喜ぶことでしょう。あなたへは、なんでも打ちあけている様子ですが、わたしが、寛と別れることになっている事情も、すでに御存じでしょう。『文壇照魔鏡』で、あなたや山川登美子さんのことを読みましたよ。田舎は、うるさいことですから、どんなにか、いやな思いをなさっているかと、わたしは、陰ながら、御同情申しあげております。

滝野は、かなり気をくばって書いたが、やはり、嫉妬の思いは、かくしきれないようであった。

晶子から、折り返し返事がきた。

うれしく候。み情うれしく候。君すゐし給へ、みだりごゝろの有に候。やさしの姉君はそをすゐし給ふべく、かゝるかなしきことになりて、きこえかはしまゐらすちぎりとはおもはず候ひし、人竝ならぬつたなき手もつ子、それひたすらはづかしとおもひながら、いつかはのどかにかきかはしまゐらすことゆるし給ふ世あるべし。たのみ候ひし、おもひ候ひし。おのれが奇矯を売らむとてのうた、その為に師なる君にまであらぬまがつみかけまゐらせしこの子、にくゝこらし給はぬがくるしく候。この後はたゞ〱ひろきみ文をのみまゐらすべく候。ゆるさせ給ふべくや。つみの子この子かなしく候。御なつかしく候。やさしのみ文、涙せきあへず候ひし。けふ、まことそゞろがきゆるし給へ。何も〱ゆるし給へ。御返しまで候ひし。

晶子

姉君のみ前に

晶子は、この手紙を、三月十三日に書いていた。

「晶子さんから、こんな便りが来ましたのよ。読んでごらんなさい」

寛は、

「なんだ、僕にだまって、晶子にこっそり手紙をだしたのか。四面楚歌のなかにただずむ晶子に、追い打ちをかけるなんて、むごいことをするものだな」

と言った。

「ちがいますよ。晶子さんに、城明け渡しのおしらせをしただけですわ」

滝野は、落ちつきはらって、もう、どうでもなれという感じであった。

「滝野、お前は、はっきり、この寛に見切りをつけたらしいな。詩人の鉄幹を、どう思っているのだ。まさか、僕の新らしい詩歌にまで、愛想をつかしたわけではあるまいね」

「寛だって、鉄幹だって、同じことではないですか。わたしは、誰かさんのように、一度だって、恋しいなんて、お世辞にも、詩や歌によまれたことがないんですからね。とにかく、坊やといっしょに帰らせていただきます」

寛は、滝野が疲れて、いらだっているのだと思った。

「それでは、里親のお世話になって来るか。僕のことは憎んでも、お前や孫は別だからね。仕事がたちなおったら、きっと迎えに行くからな」

新橋駅まで見送った寛は、萃の、やわらかな頰を指で突っつきながら、

「萃、忘れるんじゃあないよ」

と。むせび泣いた。

萃は、火がついたように泣いた。滝野は、脚気のために、乳をのませることができないので、あやしようもなく途方にくれていた。

萃とふたりだけで帰るのが、滝野には心ぼそかった。

三月の末になって、「明星」の三月号が出た。

巻頭は晶子の「おち椿」が七十九首、そのほかにも、「落紅」八首がのって、「明星」は、渦中の人、鳳晶子を売りだそうとしているような印象をあたえた。二月号が休刊しているのと、また、晶子が旺盛な創作力を発揮したためだが、

「晶子に惚れた鉄幹には、あばたもえくぼに見えるのだろう」

とか、

「スキャンダルを逆用した、鉄幹一流の商法だ」

などと陰口をたたく文壇雀もいた。

(つまらぬ噂をまきちらす奴に限って、歌そのものがわからない。

紫に小草が上へ影おちぬ野の春かぜに髪けづる朝
乳ぶさおさへ神秘のとばりそとけりぬここなる花の紅ぞ濃き
道を云はず後を思はず名を問はずここに恋ひ恋ふ君と我と見る

挙げたら、きりがないが、これまで、こんな清新で大胆な歌を、いったい、誰がよんだというのだろう。晶子の外に、誰ひとりとしていないではないか。能なしの猿どもめが、この僕を、やっかんでいるらしいが、くやしかったら、自分でやってみろ。惚れた女から、これだけのものをひきだせたら、お目にかかりたいね）

寛は、晶子の「おち椿」については、新らしい詩歌ここにはじまるという自負心を持っていた。

「新声」の四月号に、高須梅渓が、「文壇照魔鏡を読みて江湖の諸氏に愬《うつた》ふ」という文章を書き、正面から与謝野鉄幹に攻撃をしかけてきた。

寛は『文壇照魔鏡』が出て、慰問の手紙をくれた晶子に、「新き友人のなかにて、かの書中の幾分を信ずる者あるは（たとへば桂月の如き）されど、今は弁疏《べんそ》致さず候。嘲罵の下に倒るゝか、倒れぬか、ためしたく候」

と、いう気持を書き送ったばかりで、この苦境には耐えぬくつもりであった。

しかし、梅渓の署名で、「新声」に発表された記事を読んで、寛は、どうしても我慢がならなくなった。その記事から、『文壇照魔鏡』を書いた張本人が、梅渓らしいと思ったからである。それまで梅渓を、寛は自分の同志と考えていたので、友情を裏切られたという気がした。

怪文書の背後で新声社が糸をひいており、新詩社を打倒しようとする陰謀だったと寛は思わずにはいられなかった。「新声」にとって、「明星」は、手ごわい競争雑誌だったからである。

寛は、筆者の高須梅渓と「新声」発行名義人の中根駒十郎を相手に、誹毀《ひき》罪で告訴した。しかし、裁判の結果、二人は無罪になり、「明星」は、誌友が減って、新詩社は、完全に行きづまってしまった。

内海月杖が、新詩社のために高利貸から借りた金が返すことができなくなって、文部省を辞めて、郷里へ逃げだすことになり、また連帯保証人だった同僚の二人も、職を失なう結果になった。

出版は虚業なのだと寛は痛切に感じた。

三月にはいって、大阪の矢島誠進堂から『鉄幹子』が出版され、四月に『むらさき』が新詩社から出た。

自分は、生まれながらの詩人なのだ。なんだって、出版事業の泥沼へはまり込んだのだろうと、寛は心から悔いた。

自分は、これまで、多くの男にも惚れてきたが、どうせ、惚れるなら、女に惚れた方がよい。今は詩よりも、女との恋の比重が大きい寛は、晶子ひとりが、苦しみに耐えてゆく力になっていた。

『鉄幹子』で、剣の鉄幹に別れを告げた寛は、『むらさき』で、恋にもだえる詩人になっていた。

鉄幹の剣を紫の小袖でおさえ、星や菫に涙をこぼす男にしたのは、誰であったのだろうか。

若いいのちをささげた登美子と晶子であった。

登美子は、山川駐七郎にとついだが、晶子は、寛に恋いこがれて、すべてを与えて悔いないように見えた。

寛は、晶子ひとりが、味方なのだと思っていた。

麦笛

「新声」の高須梅渓と中根駒十郎は、裁判の結果、無罪になった。

「新声」の記者で、『文壇照魔鏡』の筆者のひとりと噂されていた田口掬汀《きくてい》は、「与謝野寛対新声社誹毀事件顛末《てんまつ》」を「新声」の五月号に発表し、法律がゆるす範囲内で、どの程度まで文芸評論が、その機能を発揮できるか、たしかめたまでのことで、鼠輩《そはい》鉄幹などは眼中にないと大見得を切った。寛の告訴は藪蛇《やぶへび》におわったばかりか、この追い打ちで、「明星」の発行部数が激減するありさまである。

「われ男《を》の子意気の子名の子つるぎの子詩の子恋の子ああもだえの子も、ざまあないな。ひかれ者の小唄さ」

などと嘲笑する歌人もいた。

この短歌は、晶子の「おち椿」を発表した「明星」に、寛が発表した「小鼓」のなかの一首で、単行本『むらさき』の巻頭を飾ったものである。

「おち椿」と「小鼓」で、ふたりのあいびきを「明星」で見せびらかし、どんなものだと寛が胸をはった形になったのが、反感をかってもいた。そこへ、『文壇照魔鏡』という怪文書が出たから、寛の人気が、がたおちになったのであった。

「明星」の四月号は、休刊するより仕方なかったが、月末に東京府下豊多摩郡渋谷村中渋谷二百七十二番地に引越すことにした。寛は背水の陣をしいて、打開策をはかるためである。

渋谷は、まだ、武蔵野のおもかげが残っていて、あちら、こちらに、麦畑や茶畑などがあった。ひばりが鳴いている、のどかな田園であった。渋谷川では、ごっとん、どっとん水車がねむそうな音をあげていた。

交通機関は、品川赤羽間を結ぶ日本鉄道の汽車が、煙をあげて一日、六回走っているだけであった。

青山から宮益《みやます》坂を降りて、渋谷川を渡り、道玄坂にかかると、急に道幅もせまくなった。目黒、世田谷あたりから来る野菜車や、馬車を相手に、一膳飯屋や、飲屋が立ちならんでいた。宇田川沿いの道玄坂のあがり口の左側に、憲兵の分遣隊があり、この正門の右側の屋並が切れた横丁の野道の通路をはいって、左にまがると、分遣隊の通用門に突きあたった。

この路地の右側に、敷地が百坪ほどある、同じ作りの家が、丘の上に三軒ならんでいた。寛は、このまん中の一軒を借りた。家賃は十三円であった。三畳ほどの玄関の間の外に、八畳、それに六畳ふた間、三畳という間取りで、婆やのもよとのふたり暮しには、広すぎる感じであった。

「旦那さま、淋しいところでございますね」

「そのうちに、新詩社の連中が押し寄せてくるから、賑やかになるさ」

さりげなく、もよに答えたが、寛はこの新居に晶子を迎えるつもりであった。

五月三日、寛は晶子にあてて、こんな手紙を書いた。

君はついたちの夜の月に、われはよべ二日のよの月に、この家より左のかたの野道に出で、、人の子のする麦笛吹きしに、おもしろからぬ音のみ、又してはとりかへ〳〵吹き試みしかど、つひにこれおもしろからぬ音なるに、君がうへ、わがいまの身、あすの身、友の上、友の一人二人の、ことに我となやみおなじうせる上など、よろづの感慨にうたれて、その笛かみくだきつゝ、黄な色の武蔵野の月、何となく我をあざわらふやうにみえて、急ぎ足にかへりて、婆と茶をのみてさびしげに蒲団かぶりてねむらうとしてもねむられず、又火をあかうして、ふと大坂の宿のひとりねのわびしかりしこと、さては京の宿のむつまじかりしうれしかりしこと、さては又いまのわが身のせわしなさなどおもひつゞけて、こよひの月に戸すこしあけて、こなたの空を見てゐる人あるべしなど、さま〴〵のおもひして、やう〳〵夜あけになりて、うと〳〵とねむり候やう。けさ早く車にて赤坂、芝、神田とへめぐりて、いま汽車にてかへりこしに候。

十二万年人つよきもよわきも、いづれはいつはりがたきまことのなさけ、われとてその御手に夏着ぬひてほしく候。その鬢の香にこのぬかまかせたく候。

君、さら〳〵無理とおもはず候。あひたく候。あひまつり度く候。藤もちりかけ候ものを、われとて飛び立つおもひに候。

弟の君など、そのころにとや、そはまことにをりわろく候。六月の初にのばし申すべくや、のばすことイヤなれど、今しばし神にそむくまじく、ちさきことより千丈の堤の流れ候も面白からず候。千とせはやはり祈る子、君、しのび玉へ、しのび玉へ。

わが方へくる雑誌のうち、帝国文学、太陽、ほと、ぎす、心の華、その他欠かさず送り申すべし。太平洋なども。

か、るなかに君とはなれをること、幸か不幸かにまどひ候。君を、君のみむねをいたむることの少きより思へば、たしかに幸福なるべく候。われこ、にして、君とこの愛を分たむには、いかばかりわれの苦痛をましたらむと、それおもへばわれ今こ、に一人をること、うれしく候。本意に候。心丈夫に候。周防の人にも多く知らせざりしがセメテのわれの本懐に候。

たゞこのごろのわれ、雑誌の印刷ばかりにはあらず候。せわしなさは友への意気地、世への男気、ちひさき身のまわりのわづらひ、われをさいなみ候もの、あまたに候かな。われ故に、われと月杖とのあやまちゆゑに、官吏の職にをられぬ文学士の三人まででき候など、気の毒な事せしに候。意気のために亡ぶはお互いの事とはいへ、われ、ことにやすくは枕にもつけず候。「明星」をこ、まで、新詩風をこ、までに拡張せし裏面にて、か、る悲惨の事の結果を見候。われのわろかりしに候。われ、かの魔書などではかしら痛めず候。一にこの友誼問題にて、かしらなやませをるのに候。かゝる事、きかせまつらじとおもひゐしに候。くはしくはいふまじく候。案じ玉ふな、われ、をの子、百の難関もみごと切抜け候べし。

われ近日より「東京朝日」に物書くことになり候。客員としてに候。それも公の発表するわけでなく候。美文といふ御太相《ごたいさう》なもの、稽古をする積りに候。

来客の少きは、何よりうれしく候。さて、いまだ筆とる興は湧かず候。実感にのみなやまされて。

周防へいにし人、この七八日に上るべきよし、たゞいま文まゐり候。物学ぶため、また児のためにも二三年は東京に下宿すべしとに候。そは両親の許しありしとに候。されど君が宅へは行かじ、下宿は遠きところに求むべければ、坊の顔見に君よりきませとに候。この人きよくつよくおもひさだめて、親のいさめに従ひし人に候。たゞこの後は物学ぶと児を育つるをたのしみにと、これまことにうらさびしきこゝに候かな。われつねになぐさめて文かきをるのに候。こちらへ上りても、われより行きて折々ものいひてなぐさめ合ふべく候。君、そはもとより許し玉ふべし。こゝへ添へしは、その人の文の一節に候。けなげなる、さてさびしき運命の人、われ、つらくはえあたらず候。かわゆく候。何もおもひさだめて、恨み云はぬ人だけに、涙ぐまれ候。……

これは、上京した弟の籌三郎に托した晶子からの手紙に、家出して、寛のもとに来かねない感じを読みとった寛が、晶子をなだめるために書いたものである。滝野が、五、六日頃、上京して来る知らせがあったので、いっしょにかちあうことを寛はおそれていた。

寛は、徳山の実家へ帰った滝野に、「我とは永き永き世の恋人にて、後の歴史にものこり玉へ、のこしまゐらせたく候。されど我と添ひ玉はんことは君の幸福には候はず、我は人なみこえて、あやまち多き身に候。今更おとなしき詩人にはなれず候。これからも、まだまだ洋行などして帰るまでには、いろいろのあやまちも借財もかなしき目にも逢ひ候事とおもひ候。われをにくくおもひ玉はずば、われをまもらむとならば、何卒《なにとぞ》、林家をつぎて、ひとり身を立て玉へ。我はとこしへ君を忘れ得ぬ恋人のひとりとして、何事も打あけて、むつまじき恋をつづけ申すべし、坊のためにも林家をつぎ玉ふこと幸福に候。君、父上のみ許し候はば、東京にきませ。必ず〳〵女子大学にはひり玉へ、人は名が欲しく候」と、その前に上京をうながしていた。

寛は、晶子や登美子などのほか、「明星」の幾人も名前をあげて、この女性たちは恋人だから、認めてほしいと書いたのちに、「われは猶この外にも恋を作り候べし、されど、されど妻とせん人は、いまだ定めをらず候。何となれば、妻とせば、必ず君のやうに、浅田女史のやうに心の苦労のみさせねばならず候ゆゑ、いつまでも恋人にてすませたく候。これ詩人には、深くとがむべき事にはあらず候。ゲーテの恋は文学史にある文にても十二人、バイロンは数知れぬ恋人をもち居り候。バイロンは、その妻をもたずに終り候」とも書いた。

五月五日頃に発行したいと思っていた「明星」が、行きなやんでいたとき、滝野が萃を連れて渋谷の新居へ上京してきた。

いなかに、苹を連れて帰った滝野は、肩身のせまい思いで、世間の眼をはばかっていた。日本女子大にはいる準備のためと言いつくろって、滝野が出てきたのであった。

「奥さま、お元気になられてよろしゅうございました。やはり、東京の水があわなかったのでございましょう。お坊ちゃまも、大きくおなりで」

婆やのもよは、涙をうかべながら、滝野が背中からおろした苹に頬ずりをした。

「体質が、あなたに似たのでしょうか。坊やは、じき、お腹をこわしますの」

寛は、神経が疲れると、よく、下痢をした。

苹を抱いて、寛は、外に出た。麦畑や茶畑が見わたせる、丘の上の草原に腰をおろした。蝶がたわむれるのを、苹が無心に眼で追いかけていた。

寛は、苹に頬ずりしながら、滝野の私生子として戸籍に届けられたのは、自分のせいだと思わずにはいられなかった。寛は、やはり、子供を生まなければよかったと悔いた。

五月号の校正刷が出はじめて、寛は、朱筆を入れていた。

「よく、ご精がでますこと」

茶をいれてきた滝野は、寛に声をかけた。上気した顔を向けて、

「ありがとう」

と言ったが、寛は、滝野を見る眼も、うわの空であった。寛が仕事に打ち込んでいるときの見なれた癖なので、ああ、また、はじまったと滝野は思った。

滝野は、もう、別れているのに、寛との共同生活が、夫婦の関係で動きはじめていることに、深い感動をおぼえていた。

寛の傍に、校正済みのザラ紙が散らばっているのに、ふと、眼をおとした。

春みじかし何に不滅の命ぞとちからある乳を手にさぐらせぬ

晶子の「朱弦」のなかの一首が滝野の眼をとらえ、急に活字が大きくふくらんだと思うと、なまぐさい感じが胸に突きあげてきた。どうしてか、これは晶子の作品だと滝野は直感した。

遠く、福山にいて、寛は恋しい思いをさせる人であった。滝野は、うしろ向きに机にむかっている寛を、ふと、殺したくなっていた。滝野は、そういう自分も嫌いなのであった。

「奥さま、どうなさいました。お顔が、まっさおでございますよ」

滝野は、ふらふらと居間へ引きあげてきた。

「ちょっと、貧血でしょうか。気分がわるくなったのよ。じき、なおります」

笑顔をつくって、横になりながら婆やに言った。

「明星」は、五月の末に出た。晶子の短歌が、六十二首のっていた。

「晶子さんの歌が、少し多すぎるようですね」

滝野は、出来あがったばかりの見本に眼を通しながら言った。

「滝野、妬いたりしておかしいよ。晶子は、お前のことを姉のように思っているんだ。お前に名づけた白芙蓉を、増田雅子に与えてはいけませんよなどという便りをくれた。白芙蓉は、別格だと晶子は考えているんだな。かあいい奴だよ。晶子というひとは」

「雅子さんは、大阪道修町《どしょうまち》のいとはんでしたね」

去年、雅子は新詩社にはいった。滝野が、書類を受けつけたので覚えていた。

「雅子は、滝野よりも二つ年下なはずだ。良家の娘だが、継母の手に育てられているので、悩みも多いらしい。晶子とは、『よしあし草』からの知りあいなので、お互いに対抗意識をもやしているのだ。今度の『明星』で、先月号につづいて、晶子の歌が圧倒的に多い。お前でなくとも、妙な勘ぐりをする人もあろう。しかし、僕は、いっこう、平気なんだ。よいものが多かったら、しようがないじゃあないか。清水《きよみづ》へ祇園をよぎる桜月夜こよひ逢ふ人みなうつくしき、こんな、すばらしい歌を、どうしたって、削ることができないではないか」

滝野は、そんな短歌なら、百首並んでも気にはしない。あまりに、肉感的な作品が多いので、私だって、問題にしているんですと、言って遣りたかったが、やめた。

「旧い道徳に敗けてたまるか。新らしい詩歌は、自由恋愛の謳歌《おうか》からはじまるのだ」

寛は、眼に見えない敵に挑戦しているようであった。

滝野は、晶子との恋に眼がくらんでいる寛に、なにを言っても、無駄だと思った。

寛が、かあいがって、萃に食べすぎさせたせいだろう。悪性の下痢がつづいて、からだがやせほそってきた。

滝野は、それを理由に、また、郷里へ引きあげることにした。

「奥さま、気をつよくお持ちにならなければだめですよ。男というものは、押しがつよい女のことを、自分に惚れているからと思いがちのものですからね。かあいい坊ちゃまもある仲ではございませんか。石にかじりついても、この家に踏みとどまってごらんなさい。そうでもしなかったら、きっと、堺の方が、やってまいりますよ。そうなったら、もう、泣いても、わめいても、あとの祭りですよ」

もよは、滝野を引きとめようとしていた。

「やはり、ここへ来たのは、わたしのあやまちでした。別れた人のところに置いてもらって、借家を探すなんて、虫がよすぎました。婆や、お願いだから、適当なところを探してね。通知があり次第、また、出てきますから」

滝野は、萃をかかえて、実家にいるのは、やはり、肩身のせまいことであった。東京へ出て、同郷の女友達と同居しながら、学校へ通うつもりであった。しかし、寛との撚《よ》りが戻るかもしれないという見通しの甘さが、どこかにあった。

「そうなさいますか。これでは、あまりにも、奥さまを踏みつけた遣り方ですものね。まあ、ご覧なさいませ。また、堺から、こんな手紙が舞い込んでいるようでございますよ」

どこで見つけたか、もよは、晶子からの手紙を滝野に差しだした。

六月一日午後の日付がある寛あての手紙には、

あすにならば、なほ、くるしくなり候べし。よくもわれ、かくて、二月、三月、四月、五月あられしこと。君、まこと三日とはあさってに候。それ五日にまではなり候とも、君、われくるしく〳〵候。一日もはやく。まこと、くるしくて〳〵。この二日、三日のうちに、なにごとかあらば何とせむ。まこと、くるしくて〳〵。

あすは、また、何となる御ことゝ、われくるしく候かな。君、まこといかにもして、いのり〳〵まつり候。つよき、よわきなど、そのやうのことしらず候。あひまつらるればよいのに候。一週間ものびむなどのことあらば、われ、よく魂たえべしやとまでおもふ程、まして神とは云はじ、いのり〳〵まつり候。

と、書かれてあった。ふたりのあいだには、もう、手筈がととのっているらしく、寛が、栗田山まで出向いて、晶子を呼びだすことになっているらしい。

「婆や、この手紙は、どこにありました」

滝野は、声をあららげていた。

「なんでございますよ、奥さま。旦那さまの机の上に投げ散らされておりました。わたしでなくとも、誰の眼にだって付きますよ」

「じゃあ、わたしに対する面当てじゃあないか。晶子というお弟子が来るのに、なにを、ぐずぐずしているかというのと同じことじゃあないの。こんな遣り方が憎らしい。男らしく、もっと、正々堂々とやったら、いいのにね」

滝野は、寛の指図で、婆やが、この手紙を見せる役目をやっているような気もした。

「ここに居据《すわ》って、晶子さんの上京を見とどけてから、わたし、帰ります。わたしを呼びだしたのは、こちらなんですからね」

滝野は、絶望的になっていた。

「そうなさいませ。思いっきり、その女の方に恥をかかせるのが、よろしゅうございますわ。わたしは、どこまでも奥さまの味方ですからね」

もよは、小さな眼を見ひらきながら、滝野と晶子の争いを待ちのぞんでいるらしかった。萃が寛に取りあげられて、晶子の手で育てられるかもしれないという不安が、ふと、滝野をおそってきた。そのために寛がしかけた罠《わな》かもしれないと思った。

「婆や、わたし、やはり、帰ることにする。どうせ、あの人、照魔鏡事件で、たちなおれないと思うのよ。こんな男に、みれんを持つのは、感傷的なことだわ。それを知っていて、なにも、いっしょに巻きぞえをくって苦しむことがないじゃあないの。晶子という人は、まだ、お嬢さんだし、いっしょに暮したことがないでしょ。先生に憧がれて、夢を見ているんです。夢なら、じきに醒めますよ。おかあいそうに」

もよは、滝野が寛に思いを残していないとは思わなかった。子供まである仲の寛を、そんなに、たやすく忘れることができるはずがないとにらんでいた。

滝野が、また、郷里へ帰ると寛に話したとき、

「それでは、京都まで送ってゆこう」

と言った。

「なにか、京都に用事でも……」

と、滝野はたずねた。

「用というほどのことはないが、……金策の相談だ」

と、寛は、さりげなく答えた。滝野が脚がむくんでつらいと言い、一日延ばしに出発をはぐらかした。五日が、晶子と打ちあわせた、ぎりぎりの日であった。寛は、あせっていた。

滝野は、六日の朝、敷きっぱなしにしていた寝床をあげ、

「からだの調子も、やっと、なおりました。途中まで見送っていただいては、かえって、思いを残すことになりますので、やはり、萃とふたりで帰ることにしました。どうぞ、あなたも、ご無理をなさらずに」

と、寛に言った。

「東京の夏は、ひどいからね。涼風がたったら、また、出ておいで。萃も、よろしく頼みます」

滝野が気がわりするのをおそれている寛は、あたりさわりのないことを口にしていた。

滝野は、寛を、かなり苦しめてやったと思い。いい気味だと肚の底で考えていた。

「奥さま、また、お出掛けになってください。婆やが、心待ちにしておりますよ」

と、挨拶した。滝野は、そっと、紙にくるんだ金を、もよの手に握らせた。

寛は、滝野と萃を、新橋駅に見送った。

滝野が郷里へ帰るのが遅れたため、晶子との打ちあわせが、もう、間にあわなくなっていた。家出に失敗して、晶子が座敷牢にでもいれられているかもしれないという不安が、寛を不安におとしいれ、どのように連絡をとったものか迷った。

とにかく、晶子からの連絡を待って、対策をたてることにした。

六月十日の夕方、寛の玄関が静かに明いた。

「どなたかお見えのようですね」

台所で夕飯の支度をしていたもよは、割烹着《かっぽうぎ》で手を拭きながら、ひとり言になって、足早やに玄関へ出た。

薄暗い玄関のたたきに、眼をぎらぎらさせた若い女がたっていた。

「先生いらっしゃいますか。堺の鳳晶子です。どうぞ、お取りつぎください」

乱れた髪を掻きあげてから、外を盗むように眺めて、戸を締めた。

「ちょっと、お待ちくださいませ」

もよは、江戸紫のちりめんに、ごてごてと刺繍《ししゅう》をした衿を見てから、す早く、白足袋が、ほこりにまみれている足もとへ眼を移して、ついに、問題のひとがあらわれたと思った。

「旦那さま、大へんでございますよ。例の女のひとがお見えです」

と、書斎にいる寛へ声をかけた。

「なに、鳳君が見えた」

寛は、たちあがると、

「晶子さんか、よく、来た」

と、玄関へ歩きながら、

「待っていた。どうしたかと気をもんでいたんだ。さあ、あがりたまえ」

と、声をかけた。

「先生、お逢いしたくって……」

晶子は、差しだした寛の手にしがみついて、はげしく泣いた。

「もう、泣くのは、やめなさい。ほら、風呂敷包みが土間に落ちているじゃないか。いいよ、僕が拾うから、早く、あがりなさい」

晶子は、寛を見たとき、手にしていた風呂敷包みを投げだしていたのであった。

寛は、玄関に降りて、包みのほこりを払ってやってから、晶子の手をとるようにして家の中へあげた。

「この方は、鳳君といって、新詩社の同人だ。東京遊学で、出て来られて、こちらに寄宿することになった。親切にしてあげてくれ」

と、晶子をもよに紹介した。

「ほんとに遠いところを大変でございましたね。旦那さまにお仕え申しあげているばあやでございます。なんなりと、遠慮なくお申しつけください。電報をくだされば、新橋までお迎いにあがりましたのに。ずいぶんお探しになったでしょう」

と、もよは、抜目なく挨拶しながら、心のなかで、ちょろりと舌を出していた。

（へえ、なにが遊学なものさ。わたしは、みんな知っているんだからね。ひとのうちへ図々しく押し込んできて）

晶子は、うつむいたまま、黙っていた。もよがいるので、寛とくつろいだ話もできなかった。

「そうだ、お腹がすいたでしょう。ばあや、早く、食事の用意をしてくれないか。僕も、急に食欲がでてきた」

と、寛は言った。五分芯のランプのまわりに、羽虫が飛んでいた。

「ずいぶん、いなかなんですね。こんなに静かなところとは、思いませんでした。いくら、いなかと言っても、甲斐町よりは、にぎやかだと思っていましたのに」

晶子は、寛の胸のなかに顔をいれて、小声に言った。まだ、汽車のなかのように、からだが動いている感じであった。

「ほんとうにしあわせなときは、言葉がいらないものなんだな」

晶子の頬にはりついた、ほつれ毛を、掻きあげながら、寛は言った。

「はい、お待ちどおさま」

もよは、大きな声をあげて、ゆっくりと、襖をあけた。

晶子は、寛から離れて、着物のみだれを直しながら、茶の間を見た。茶ぶ台には、寛と晶子の二人分の食事がととのえられていた。

「ばあやも、いっしょに食べたらいいのに」

寛は、まだ、小さいときから、他人の家に育ち、台所の片隅で、さびしい食事をした。そのせいか、使用人にも、同じ場所で、同じものを食べさせて来た。それに、寛は、にぎやかな方が好きであった。

「旦那さま、急の用意がございませんでしたから、わたしは、そば屋にやらせていただきます。お二人分なら、充分、お間にあいになると存じますが」

「それは、わるかったな。じゃあ、すぐ、食べにいらっしゃい。こちらは勝手に給仕なしでやるから」

「じゃあ、どうぞ、旦那さまに、つけてあげてください」

もよは言い置いて、勝手口から出ていった。

「婆やさん、気をつかったつもりなのね。先生にお眼にかかって、わたし、安心いたしました。例の事件、それに雑誌の方も休み勝ちでしょう。どうなさっていらっしゃるかと、わたし、心配でなりませんでした。今は、先生のどん底です。そして、この状態が、かなり、続くにちがいありません。この苦境を、先生といっしょに切り抜けてみたいと思います。ただ、わたしが来たことで、先生のお立場がわるくなるようでしたら、今、すぐにも、身をひいて、ご迷惑はお掛けしないつもりです。どうぞ、正直におっしゃってください」

晶子は食事をしながら、寛にたずねた。

「僕は、妻の滝野にも、棄てられた男です。落ちぶれて、世間の笑いものになり、非難の的になってもいます。天涯孤独の僕のところへ、あなたでなくて、誰が助けに来てくれるでしょう。どうぞ、僕を見棄てないでください」

「まあ、先生に、そんなにまでおっしゃっていただいて、わたしは、わるい子ですのに」

手のうちを見せて、ちっとも、隠そうとしない寛の素直さに、晶子はひきつけられた。

商家に育った晶子は、裏のうらまで術策を弄する商人の生き方を、これまでに見あきていた。

「あなたは、家出なさったのでしょう。僕が、もし、親の立場でも、与謝野鉄幹なら、娘をやる気がしませんからね」

寛は、寂しそうに笑った。

「京都の妹をたずねることにして、家を出ました。妹の里子は、よく、わかってくれましてね。別れぎわに、こんな扇子をくれましたの」

晶子が、扇子をひらくと、病みますな、うらぶれますな、わすれますなと筆で三行に書かれていた。

「やさしい妹さんだな」

と、寛は言った。

「追手が来くるかもしれませんのよ」

晶子は、落ちつきはらっていた。家出するまでの苦労から思えば、追手などは問題でなかった。

「ご覧のように、今は、一汁一菜の暮しだ。財政が、ひどく逼迫《ひっぱく》しておりますからね。ちょっと、待ってください。なにか、探してみますから」

寛は、台所から、笊《ざる》に入れた、生みたて卵を見つけてきた。

「これでも、ご飯にかけて食べてください。とにかく、赤手空拳の僕たちは、からだが資本ですからね。これで、元気をつけましょう」

近くの農家で、たやすく鶏卵が手にはいった。寛は散歩の帰りに、野菜といっしょに買い求めてきた。

晶子は、いくつも卵を割って、寛にすすめ、自分も飲んだりした。菓子の製造に使うたくさんの卵を、晶子が手伝って割っていたから、手さばきが器用であった。

かなり時間をかけて、もよは戻ってきた。親しくしている近くの憲兵曹長の妻と、晶子が来たことを、茶飲みばなしにして、遊んで来たのであった。

食事のあとを片づけながら、こんなになま卵を飲んでつけた精力を、ふたりは、なにに使うつもりかしらと、もよは、いやしい笑いを口もとにただよわせていた。

「先生、お嬢さまを、なんとお呼びしましょうか」

まさか、奥さまと呼ばせる気持がなかろうと寛にだめおしをしている感じであった。姑のように、もよは落ちつきはらっている。

「そうだな。鳳さんと呼んでもらいましょう」

と、寛は答えた。

晶子は、奥さまと言わなくとも、せめて、晶子さんと呼ばせるだろうと思っていたのに、寛が、もよに押しきられたのを、くやしい思いで聞いた。

簞笥も、戸棚も、食器も、なにから、なにまで、この家のなかのものは、寛と滝野との生活を、晶子に語りかけてくるようであった。晶子は、寛に裏切られたような気持になっていた。

「では、鳳さんの寝床は、どこに取りましょうか」

と、もよはたずねた。

「僕といっしょの部屋でいいよ」

晶子を見ながら、寛は答えた。

晶子は、風呂敷包みから出した寝巻に着換えて、寝床にはいった。

鬢つけ油の、きつい匂いや、また、赤ん坊のあまずっぱい匂いの入りまじった寝床は、晶子の疲れた神経をささくれだたせた。晶子は気が狂いそうであった。

「先生、あんまりな仕打ちです。ここに寝るのはいや、いっしょに寝て」

晶子は、大きな声でわめき、むせび泣いた。

「なにも、そんなに興奮しなくともいいじゃあないか。さあ、こっちへおはいり。ばあやに聞えるじゃあないか」

と、寛は、低い声で、なだめているらしかった。

「ばあやに聞えても、わたし、ちっともかまいません。なんですか、先生らしくもない」

晶子は、大きな響きをたてて、寛の寝床へ倒れ込んでいった。寛を、ひとり占めしたいと願う晶子は、ただれたような愛欲に身をまかせて、

「先生は、わたしのものよ」

と、うわずったうめき声をあげていた。

燃ゆるがままに

もよは、寝不足な眼を、しょぼつかせながら、憲兵曹長の家を訪ねた。

滝野に手紙を書いてもらうためである。もよは、字の読み書きができなかった。

「今の若い人は、たしなみがございませんからね。奥さんも、おかあいそうですよ。早く、戻っていらっしゃらないと取りかえしがつかなくなるでしょうよ」

育ちのわるいもよの、あやしい妄想を、曹長の妻は、そのまま鵜《う》呑《の》みにして、それを、少し強調した、手紙の書き方になっていた。この女は、鉄棒《かなぼう》引きでもあった。

「もよさん、疲れた顔をしているじゃあないの」

と相手は言った。

「泣いたり、うめき声をあげたり、夜どおし、はでにさわぐもんですから、いくら、女の役がおわったわたしでも、つい、頭にきて……」

えへへへと、もよはみだらな笑い声をあげた。

「当分、その苦労は続きそうね。いつでも、昼寝にいらっしゃいよ。そのお妾《めかけ》さんのことも伺いたいし……」

もよは、かなり、厚めな滝野へ宛てた便りを投函した。

それから、二日にあげず、もよは滝野へ報告の便りを出していた。

寛からは、晶子が十四日に東京へ出てきて、ただ今、いっしょにいるという報せが滝野に届いた。

もよからの便りには、滝野を新橋へおくった六日に、入れかえに晶子を家に連れてきたと書かれてあったので、滝野は、東京市内のどこかに晶子をかくまっていたと思っていたのであった。

もよは、滝野の嫉妬心をあおって、一日も早く上京させ、晶子を追い出させるつもりの小細工であった。

「なんだって、あの人は、つまらぬ嘘をつくのだろう。婆やから、教えてきているのに」

滝野は、寛の心が、自分から離れてしまったと思い、どっちにしても、もう一度、寛と逢って、話しあう決心をした。

滝野は、寛に上京の意志をつたえた。

寛からの返事には、

君、上京なさるべきよし、それはよく〳〵お考の上になされたく、父君のお心におそむきなされ候事はおもしろからず候。入籍の事は、もはや、すぎ去りし話にて致方無之《いたしかたこれなく》候。君も恋しく、ちぬの人も恋しく、君何もおこゝろひろく願上候。詩人の恋に人間らしき事はのたまはぬやういのり上《あげ》候。

と書いたあとに、「よしや、ちぬの君と夫婦と云ふ時節有之《これあり》候とも、君も一時は夫婦なりしにあらずや。何も人間らしき事は君と我との間にのたまはぬやうに願上候」と結んであった。

萃は私生子だったので、せめて、寛が認知した庶子にしたいと、滝野は、それを上京の理由にあげていた。滝野は、まだ、萃の母として、父の寛に、どこかで、気持を通わせていたのであった。

「よしや、ちぬの君と夫婦と云ふ時節有之候とも」という文章は、滝野のあまい考えを、ざくりと突きとおし、息の根をとめた。寛が晶子にうばわれたという実感が、はじめて、滝野をおそった。

親きょうだいを棄て、恥も見得もかなぐりすてて、寛のふところに飛び込んできた晶子には、とても太刀打ちができないと滝野は思った。

七月にはいって、できたばかりの「明星」が、寛から滝野のところに送られてきた。この号から伊藤文友館が発売所になって、月に一冊は発行される運びになった。「金翅」という題で、晶子の短歌が七十六首も載っていた。

いとせめてもゆるがままにもえしめよ斯くぞ覚ゆる暮れてゆく春

海棠《かいだう》にえうなくときし紅すてて夕雨みやる瞳よたゆき

ほととぎす嵯峨へは一里京へ三里水の清滝夜の明けやすき

小傘とりて朝の水くみ我とこそ穂麦あをあを小雨ふる里

長き歌を牡丹にあれの宵の殿妻《おとど》となる身の我れぬけ出でし

あづまやに水のおときく藤の夕《ゆふべ》はづしますなのひくき枕よ

ひとつ血の胸くれなゐの春のいのちひれふすかをり神もとめよる

酔に泣くをとめに見ませ春の神男の舌のなにかするどき

滝野は、「金翅」のなかから、こんな短歌を拾いあげて、寛と晶子の愛欲にただれた生活を思い描いた。しびれるような性愛に身をゆだねているふたりの姿態が、あぶな絵のように、ちらちらと鮮烈な印象を与えた。寛と結婚生活をおくってきた滝野は、突き離して、客観的に晶子の短歌を鑑賞する余裕もなかった。なまぐさい栗の花に似た匂いが、晶子の歌から、たちのぼるようで、滝野は嘔きけがもよおしてきた。

人ぞおごるこよひ快楽《けらく》の夢のにほひこき紫の虹のおもひ子

寛の、こんな短歌をみて、官能謳歌もいいところだ、おのろけもいい加減にしたら、どうなのと、滝野は、思わず、声にだしていた。

寛から来た手紙の添え書きに、滝野の名を文学史上に残したいから、短歌ができたら、送りなさい。「明星」に発表しようとすすめてきた。

いやなことだ、「明星」に登場しても、みじめな役をふられるのは自分ではないか。また、父へ無心でもされたら、と滝野はおそれた。

いずれ、歌がたくさんたまったら、そのときこそ、まとめて「明星」に発表させてもらいましょうと、当りさわりのない返事を寛に出した。

「明星」の七月号には、晶子の処女歌集『みだれ髪』が出るという広告がのっていた。色刷の挟み込みで、藤島武二の「洗菜」の挿画の裏に、晶子の「わかうして市に人よぶすくせもつ子けふ五日めの乱れ銀杏よ」という歌が出ていた。

もよからの便りに、雨の降る日に、寛と晶子が相合傘で庭に出て、夜店で求めた芙蓉を植えていたのが、近所の人の眼に触れて、晶子の素性が噂のたねになっていることや、また、堺から番頭が晶子を探しにきたので、隣りの空家の押入に隠したとか、晶子の兄が反対しているので、ふたりは結婚はできないだろうなどと書かれてあった。

滝野は、白芙蓉と呼ばれていたので、寛と晶子のふたりで庭に植えたのは、思い出の記念樹という意味がふくまれているのだろうと思った。

『みだれ髪』の出版も、延びのびになり、晶子は、神経をいらだたせていた。

もよは聞きもしないのに、

「旦那と奥さまは、羨ましいほど仲がおよろしかったのですよ。それに鳳さんとくらべるつもりはありませんが、背もすらりと大きく、おりっぱでございました」

と、晶子に言ったりした。

「先生のお話では、大へん、冷たい方のように伺いました」

「殿方というものは、よく女をだますときに、奥さまをわるくいうものですよ。あなた、それを真にうけて、こちらへお出掛けになったのですか。とんだ御遊学にいらしたものですね。鳳さんのこと、お弟子さんにしては、先生と親しすぎる。ただの仲じゃあないと申しますでしょ。わたし、返事のしようもないんでございますのよ。奥さまが坊っちゃまをお連れしてお帰りになる、そして、入りかわりにあなたが来たまま、近所の方とも挨拶なさらない。先生が、いけないんでございますよ。もし、あなたから申しあげにくかったら、婆やから先生にお願いしてみましょうか。近所まわりをなさった方が、よろしいと存じますわ。お弟子さんなら、お弟子さんとして……」

晶子は、もよの恩売りがましい態度に肚がたってきた。

「世間の人がなんと思おうと勝手です。わたしは、先生のために、身も心も捧げておりますから、先生に御満足さえ願えたら、あとは、どうでもいいのです。あなたに、いらない口出しをしてもらう気がないばかりか、不愉快です」

「そうでございますか。つい、出しゃばったことを申しあげまして、失礼いたしました。もう、決して、こんなことはいたしません」

もよは、わざとていねいに晶子の前に手を突いて、お辞儀をした。

晶子は、その夜、もよを早く、この家から追いだしてくれと寛に訴えた。

「なにも婆やの言うことを気にする必要はないさ。婆やは、萃が生まれる前から来てくれて、いっしょに苦労したのだ。このところ、月給も払っていない始末だ。それにしては、よく働いてくれると思うがね。まあ、物には、すべて順序がある。僕にまかせて置き給え。今は、あなたの歌集を出すことが、僕のあたまにひっかかって、なにも考えたくないのだ」

寛は、もよから、晶子が妾といわれていることも聞かされていた。

「婆やが、わたしを見る眼が、いかにも、さげすんでいると思いませんか。わたしのことを、先生が東京遊学にきた女弟子だと婆やに紹介なさるから、すっかり、なめられてしまったのです。あれは、残酷なことでしたのよ」

晶子は、寛の胸を爪で掻きむしりながら、恨みがましく言った。

「僕だけが悪人か……」

寛は、天井をかける鼠の音を聞きながら言った。

『みだれ髪』が、八月十五日発行の奥付で、伊藤文友館から出た。著者名は鳳晶子。収録歌数は三百九十九首。

三寸に六寸の、三六判といわれる細長い形の本であった。表紙も挿画も藤島武二で、新らしい短歌にふさわしい、はなやかな感じであった。定価は三十五銭。

『文壇照魔鏡』事件のあおりで、「明星」の部数は二千五百部に落ちていた。発行所の文友館は、毎月百円ほどの赤字になることを理由にして、寛に一銭も出そうとはしなかった。乏しい原稿料で、やっと食いつないでいた。家賃も払うことができず、麴町時代の質屋の利子にもせめられていた。

『みだれ髪』の出版に、文友館が四百円の費用をかけたというのも、寛の負いめになっていた。

寛は、滝野に頼んで、急場をしのごうと依頼の手紙を出したりした。

別れた滝野に無心して、送られてきた金で生きている寛は、ともかくとして、その分け前にすがる自分を、晶子は、たまらなく、嫌やになっていた。そのくせ、滝野に、はげしい嫉妬を感じていた。

九月一日の朝、晶子が芙蓉の花が咲いているだろうと、庭におりてみた。きのうの夕方に、白い蕾がひらきかけていたのを、寛とたしかめていたからであった。

朝早く、めざめた寛は、はじめて咲いた芙蓉を、滝野へ送ろうと思った。金を作ってもらう手紙に、封じ込めておくった。

拝復　お手紙拝見致候。その麴町の事四ケ月に改候為め困り入候。一ゝ流すよしの葉書まゐり候。小生今まことに経済にこまりをり、伊藤といふ人、すこしも金策つかず、八月の家賃もまでに候。君、もし、その御都合つき候はゞ至急お助け被下度候。十五日までに参十円ほど。坊の事よく〳〵おねがひ致候。ちぬの人との結婚は、仰の通り、三四ケ月後に発表可致《いたすべく》候。君、坊の事よく〳〵おねがひ致候。婆よりよろしく。けふ、しろ芙蓉のさき候封じまゐらせ候。何卒、その金子スグにも（十円丈《だけ》）お送り被下度ねがひ上候。困り候事は少しもウソに無之、坊の事、をり〳〵お聞かせ被下度候。

四月《よつき》分の利子を質屋に入れなければ流れることになっていた。質草は、みな、滝野のものであった。伊藤文友館の主人は、麴町時代に居候をしていたこともあるので、滝野も知っていた。

寛は、滝野にしか、気持を打ちあけて、頼むところがなかった。

「あら、先生、せっかくの花が、もぎとられていますよ」

晶子は、寝たれた、あまい声をあげた。

「その花なら、僕がつんだのだよ。滝野へ出す手紙のなかに入れてやった。僕たちの気持が通じるだろうと思って」

「なんですって」

晶子は、芙蓉の木に手をかけると、力ずくで、抜いてしまった。根の土が飛んで寛の顔にかかった。

「なんというばかなことをするんだ」

寛は、どなりながら、庭下駄を突っかけていた。晶子は、枝を折りながら、

「そんなに滝野さんがかあいいなら、わたし、今、すぐにも、先生の前から、姿を消してしまいます」

と、寛にからだごとぶつかって行った。

「滝野を愛して、どこがわるいのだ。妬きもちにもほどがある。僕の自由を束縛する気か。滝野は、冷たい女だったが、お前のように、うるさく、付きまとって、僕の翼を折るようなことはなかった。滝野の気持を、一度だって考えたことがあるのか」

「お気の毒さま。先生こそ、家を棄て、親きょうだいの反対を押しきった、わたしの苦しみを、なんと思っているんですか。自分だけが聖人のような顔をして……」

「なんだと、もう、一度、言ってみろ」

寛は、晶子の髪をつかんで、引きずりたおすと、散ざん、なぐりつけた。抑えきれない怒りがこみあげてきて、寛は自制力をうしなっていた。

「旦那さま、おやめになってくださいまし。近所にはずかしいですよ」

もよは、寛の腕にしがみついた。

晶子は、泣きさけびながら、外へ飛びだして行った。

「大へんです。もし、間違いでもあっては取り返しがつきません。わたしが、お連れしましょう」

と、もよが言った。

「ほっときなさい。やさしくすれば癖になる」

寛は、縁側に腰をおろして、息をはずませていた。

結婚式はしなくても、「明星」で、晶子との結婚を公表した方がよいと滝野から言ってきていた。これは、滝野が晶子に正当な位置を与えようという意志表示であった。滝野のおとなびた考えに寛は救われた気持になっていた。

詩人は、多くの恋人がいるものと考え、それを実行している寛は、恋人同士の晶子に向けた滝野の挨拶に感動した。そんな滝野を無視した晶子がゆるせなかった。

独占欲の強い晶子といっしょに暮してみて、妻の座にすえるには、滝野が適任だったような気がした。

寛は気分を晴らすため、外出することにした。

「おや、お出掛けですか。いってらっしゃいませ」

もよは、寛の留守のあいだに、きょうの喧嘩の始末を滝野にしらせてやろうと思った。こんな話を、憲兵曹長の妻は好きであった。

晶子は、家から飛びだしたものの、どこへ行く当てもなかった。林を過ぎて、草原の日なたへ腰をおろし、遠く、流れる雲をみていた。死ぬほど苦しんできた思いの底に、滝野に対する嫉妬があったのだろうか。長いあいだ押えていたものが、どろどろの溶岩になって、噴出したのだろう、晶子は、さっぱりした気分になっていた。

「よい妻になるため、自分を殺してしまっては、芸術家としても失格してしまうだろう。先生の魅力は、常軌《じょうき》を逸したところにあるのだもの、こちらも、思うまま、個性的に振舞って、自己を主張しなかったら、先生におしつぶされるにちがいない。先生を愛していたら、誰にも渡したくないのが、ほんとうなのだ。滝野さんは、上品振っているけれど、わたしに敗けたんだ」

晶子は、ほろにがい思いもある勝利感をあじわっていた。

寛は、夜が更けてから戻ってきた。

「わたし、大へんな妬きもちやきなんですね。けさのこと、悪うございました。先生、おゆるしください」

晶子は、心から詫びた。

「滝野には、君を姉と思えと言ってやった。同じ年でも、坊やまで、できたひとに、そんな、むごいことを書いた僕の気持も思わずに、あんな仕打ちをするものだから、つい、ゆるせないと思ったのだ。手あらなことをしてすまなかった」

寛は、晶子のはれぼったい顔から眼をそらした。

「先生、わたしのこと、白萩でなく、白芙蓉と呼んでくださらない」

「それは、だめだな。もっと、おとなにならなくては。まだ、晶子は女になってもいないじゃあないか」

みだらな眼を、晶子のからだにはわせながら、寛は言った。

もよから、神田に貸間を見つけたから、上京するようにという便りが滝野のところへ来た。

その頃、もよは、寛が、近くの高台へ引越したあとに、越してきた栗島狭衣《さごろも》の家に雇われていた。もよは、晶子が追いだしたと思っていた。

神田の貸間は、もよの姉が見つけたものなので、滝野を案内して、自分の眼でもたしかめたいと思ったが、住み込みのもよには、当てがなかった。

「そんなら、中渋谷に主人と親しい軍人がいるから、頼んであげましょう」

と、憲兵曹長の妻が言った。もよの手紙の代筆をしているうちに、その妻は、滝野に同情を寄せていた。

九月二十一日、滝野は萃を連れて、中渋谷へ着くと、すぐに、もよを呼んだ。

栗島狭衣は、寛の友だちで、「明星」の同人だったから、滝野も知っていた。

「なにも、知らない仲ではなし、こちらへお呼びしてあげなさいよ」

と、狭衣夫人は、もよに言った。

滝野と萃を栗島家へ連れてきた、もよは、

「坊ちゃまが見えております」

と、寛に伝えた。

「滝野も、いっしょか」

「もちろんでございますよ、旦那さま」

「また、ごみごみしたところに住めば、滝野も坊やも病気になる。婆やは、その借間を見てくれたのか」

「姉に頼んだので、わたしも、その点は案じておりました」

「とにかく、栗島君にお願いして、ふたりを置いてもらい、衛生的な場所を探さねばなるまい。晶子、婆やといっしょに坊やのところへ行ってくる。君も、いっしょに行ってみないか」

寛は晶子を誘った。

「わたし、気持を整理しませんと、取り乱しそうですから、失礼します。どうぞ、よろしく、おっしゃってください」

もよと出掛けてゆく寛のうしろ姿が、しあわせそうに見えて、晶子は遣り切れなかった。

滝野は大きくなった萃を抱いて、はいっていった寛に、ていねいなお辞儀をした。

「坊やは、お父さんの顔をおぼえているかな」

と、寛が言った。

狭衣の妻は、身重であった。

「赤ん坊で別れたんですもの、知っているわけがないじゃあありませんか、ねえ、滝野さん」

と、言って、涙をながした。滝野は、疲れたせいか、青白い顔をこわばらせて、淋しそうに笑った。涙を見せない滝野を他人行儀だと思いながら、寛は復讐されているのだと感じた。

「すみません、奥さん。滝野たちをよろしく頼みます」

と、言った。

「僕も、できるだけ探すから、陽あたりのよい部屋に住むようになさい」

滝野の肩につかまりながら、まぶしそうに萃は寛を見ていた。

「あす、また、出なおして来る」

もよが運んできた茶を飲むと、寛は帰って行った。晶子からよろしくとは言いだしかねた。

次の日に、晶子は、ひとりで滝野を訪ねた。この月に、丘の上の中渋谷三百八十二番地に引越しができたのも、滝野から金がおくられてきたためであった。晶子は、滝野にあうのが、苦痛でならなかった。

「晶子です。あなたには、申しわけのないことばかりいたしまして……」

からだを投げだすように、泣き伏していた。

「いいえ、悪いのは、寛です。いいえ、わたしかも知れませんのよ。運命のいたずらかもしれません。わたしは、どうやら立ち直れそうな気がしてきました。あなたも、みなお忘れになって……」

滝野は、自分に言いきかせているらしかった。

「あすは、萃さんのお誕生日だそうでございますね。ほんの心ばかりの粗飯を差しあげたいと存じますから、お出掛けくださいい」

と、晶子が誘った。ふたりは、軽い挨拶をかわしただけで、突っ込んだ話を意識的に避けていた。

九月二十三日の誕生日に、寛が迎えに来た。栗島家から一丁たらずのところだが、ひと目を避けて、道筋でない宮益坂へかかったとき、

「どれ、坊やを借してごらん」

と、寛が萃を抱きとった。萃は寛の腕のなかで、あばれた。

「晶子さんって、あなた好みの仇っぽいひとね」

滝野は、もよからの報せを思いだしながら、さりげなく言った。

「そんな女に見えるかな。とんだ妬きもちやきだ。いつも、冷たい素振りを見せた、君のことを、今は、なつかしく思いだしたりしているのさ。うっとおしくて、息ぐるしいひとだよ」

「みんな、あなたのなさったことですもの、かあいがってあげたら、いいでしょ」

「そうだ、昔はむかし、今はいまさ。たしかに責任は、僕にあるんだから、がまんするより仕方がない。晶子のことで、月杖に相談したら、結婚には、反対だった。新らしい奔放な恋歌を詠む女性は、妻には不適当だというんだ。どうも、晶子を嫌いらしい。近頃、顔を見せなくなった。若い友だちも、先生のためにも、晶子さんのためにも良くないから、別れろなんて、忠告するんだ。君といっしょに暮せと攻めよったり……」

滝野は、よろけて、寛の袂にすがった。

「およしなさいよ。男らしくもない。わたし、もう、だまされないつもりよ」

萃を抱きとりながら、滝野が言った。

「さあ、急ごうか。これだからね」

寛は、額に二本の指をたてた。

あらしのあとか、青いいが栗がおちている道を踏んで、寛の家へはいった。

晶子は、萃のために、おもちゃのがらがらを買って、用意していた。

「わたしのこと、坊やは鬼と思っているかもしれませんね」

がらがらを振りながら、晶子は笑った。

「なにも、ございませんのよ。手料理で……」

晶子は、上方《かみがた》風のすしで、滝野をもてなした。

滝野が帰ったのち、

「あなたの子供にあったのは、わたしの心の痛手になりそうです。想像していたのとはちがいますからね。滝野さんに逢うと言わなくとも、萃を見たいと先生がおっしゃったら、いやとは申せませんもの。東京に暮していたら、いつでも、お会いできるでしょう」

と、晶子は言った。

「坊やをわたしが育てますから、滝野さんと縁を切ってください」

「そんな、むごいことができるものか。お前は怖ろしい女だな」

寛は、晶子をにらみつけた。

「僕は誰がなんと言っても、あのひとと添っていようと思えば、いっしょにいられたのだ。馬鹿なことをした」

寛の興奮に赤らめた顔は、涙に濡れて光っていた。

「わたしが死んだら、いいのです。滝野さんへ行くのは、それからにしてください」

晶子は眼を引っつらせて、取り乱していた。

寛は、暗い気持になっていた。

「二、三日の辛抱ではないか。それに、滝野が、僕を、どうしようとも思っていないことは、君だって、わかっているだろう」

みだれ髪のひと

『みだれ髪』が出ると、新聞や雑誌に採りあげられた。

「太陽」の九月号で、第一級の評論家高山樗牛《ちよぎゆう》は「『みだれ髪』は一時奇才を歌はれたれど、淫情浅想、久しうして堪ゆべからざるを覚ゆ」と、冷評した。

また、歌壇の権威と見られた短歌雑誌「心の花」の匿名《とくめい》座談会でも、淫猥背徳の書と痛撃した。蘇張生と名乗る一人は「迂生廃娼論者の一人なり、既に娼妓に於てすら淫を鬻《ひさ》ぐを以て不可とす、況《いはん》や其他をや、著者は何者ぞ、敢《あへ》て此の娼妓、夜鷹輩の口にすべき乱倫の言を吐きて、淫を勧めんとはする」ときめつけた。

「帝国文学」記者は、服部躬治の歌集『迦具土《かぐつち》』と並べて『みだれ髪』をけなした。

河井酔茗がいる「文庫」や、薄田泣菫の「小天地」、また、「明星」に載せた上田敏の批評は好意的であったが、内輪ぼめとも見られた。

「竹柏園の『心の花』は、わたしのことを、いやしい夜鷹のように思っているのですね。これは、先生にも罪があるのよ。『みだれ髪』の広告に、『わかうして市に人よぶ』という歌をお出しになったからですよ。わたしが、あんなにいやだと反対したのに……」

と晶子は肚をたてた。

「芸人を例にして、君はいやがるだろうが、あんな芸を見るのもいやだという人がいると同時に、好きで、好きでたまらないという支持者のいる芸人は、かならず人気者にまつりあげられるということだ。君の『みだれ髪』の場合は、まさしく、それなんだ。きっと『明星』の女王になるから、見ていてごらん」

寛は、自信ありげに言った。

たしかに、『みだれ髪』は、多くの若い人たちには熱狂的な受け方をした。藤村の詩で、口づけなどを愛の表現技術と思い、また、手を握りあうぐらいで、胸をときめかせていた青年子女にとっては、『みだれ髪』の「血」「やは肌」「ちからある乳」「乱れ乱れ髪」「頸」「男可愛し」などが、むせるような官能を刺激する快感があった。性の解放と肉体謳歌が、若い人たちをとらえたのであった。

　しかし、鉄幹と晶子の恋は、多くの犠牲と葛藤のなかから生まれたものであった。「明星」の編集を手伝っていた窪田空穂《うつぼ》や、水野蝶郎、平塚紫袖《ししゅう》などは、寛と晶子の身近かにいたので、どうしても、批判的になり、疑いを持つようになった。『文壇照魔鏡』事件の延長として、『みだれ髪』が見られ、寛は女蕩《た》らしの悪党で、晶子はみだらな女と見られているのを、若い三人はおそれていた。また、正義感もともなった感情であった。

「先生のためにも、また、あなたの将来のためにも、いっしょにいることは賛成できないなあ。詩集も出たことだし、堺へ帰ったら、どうですか」

　と、空穂は晶子にすすめた。「明星」の発展をねがって、空穂は晶子に忠告したのだが、

「君は、晶子に帰れと言ったそうだな。いらぬ口だしはやめてほしい」

　と、寛は、不機嫌になった。

　空穂は、この頃、いや気がさして、「明星」から離れようと考えたので、蝶郎に、その気持をあかした。

「君が新詩社を辞めるときは、僕も同一行動をとる。ただ、もう少し様子を見ようではないか」

　と、蝶郎はなだめた。

　蝶郎は盈太郎《えいたろう》と言い、高村光太郎と同じ十九歳であった。父は勧業銀行の貸出課長で、赤坂に大きな邸を持っていた。空穂は通治がほんとうの名だが、小松原春子という女名前で、「明

星」に短歌を発表していた。東京専門学校にはいりなおしたので、二十五歳の学生であった。紫袖と号した平塚篤と、蝶郎、空穂は、「明星」の編集を手伝っていた。

空穂は、長野県東筑摩郡和田村の農家の次男で、「明星」を去った一条成美と親戚関係にあった。

成美と梅渓が、『文壇照魔鏡』事件の張本人のように言われていたところへ、晶子が家出してきたので、鉄幹に対する敬愛を空穂は失っていた。晶子は空穂よりも、ひとつ年下であった。空穂は、晶子が郷里へ帰った方がよいと思っていた。

「たしかに、はっきりと意見を述べるのはいいことだ。しかし、僕は取らないな。ものは言いようさ。まあ、僕にまかせておきたまえ」

紫袖は、胸を張って、ふたりに言った。

「晶子さん、滝野さんのところへ、先生が出はいりしていると、もっぱらの噂ですぜ。かあい坊やもいることだから、まあ、当然な成りゆきでしょうが……」

紫袖は、晶子の嫉妬心をかきたてるつもりであった。晶子は暗い顔になった。

「先生が眼をつける女性は、みな、金の蔓《つる》に縁がある。滝野さんとは、金の切れ目が縁の切れ目というところですか。しかし、晶子さん、決して油断をなさってはいけませんよ。僕は、あなたの味方のつもりです。もし、先生に秘密にしてくれるなら、いろんな情報を手に入れて、こっそり、お伝えしますよ」

紫袖は、大阪道修町の製薬問屋の娘増田雅子が先生に熱をあげているとも言った。

晶子は、当座の着換えを入れた風呂敷包みを持ち、僅かばかりの小遣を持って、家出してきた娘であった。

『みだれ髪』の出版にも、晶子のふところから、一銭の金が出ているわけでもなかった。

紫袖が、とんだ思いちがいをしていると晶子は思った。鉄幹を恋い慕う女性のなかに、増田雅子がいるぐらいは、晶子も、とうから気づいていた。

ただ、紫袖などから、邪魔ものあつかいにされるのが、たまらないことであった。

「先生、ふたりのあいだを、はっきりしていただきます。わたしが先生のおもちゃにされていると思って、堺へ帰った方がいいとすすめるんですもの」

寛は、空穂から、晶子との結婚に反対されてもいた。

「落合先生に、媒妁人《ばいしゃくにん》をお願いしたいんだが、滝野を知っておられるので、どうも、頼みにくい。さて、誰にしようかな」

落合直文は、先妻の竹路《たけじ》が精神病になったので離別し、国語伝習所の教え子だった、十五歳も年下の菊川操《みさお》と恋愛結婚をしていた。そのとき、操は十六歳だったが、美しい娘だったので、いろんな噂が飛んだ。そんな体験のある直文は、寛と晶子の事件にも理解があった。しかし、寛は、師と仰ぐ直文を媒妁人に頼む自信はなかった。

秋になって、高山樗牛といっしょに日本主義を唱えていた哲学者の木村鷹太郎に、形式的な仲人にたってもらうことにした。

鷹太郎には、晶子との関係も打ち明け、

「なにもバイロンは、弱気になる必要がない」

と、寛はそそのかされてもいた。木村鷹太郎は、バイロンの紹介者としても知られていた。

紫袖の打った芝居が、寛と晶子の結婚発表を、かえって早めることになった。

この頃の「明星」に作品を寄せていたのは、落合直文、浅香社で同門の金子薫園、内海月杖、それに東京専門学校を出た前田林外などであった。林外は儀作と言い、兵庫県の出身で、紙問屋の主人であった。京都生まれの寛と地域的な親近感があり、また、大阪の薄田泣菫も創刊以来の支援者であった。

若い高村光太郎は、篁《たかむら》砕雨というペンネームを使っている上野の美術学校生徒、大阪の増田雅子、それに明治法律学校に学び、露花、黒瞳子などの号を使って詩の批評を書いていた平出修、花明《かめい》と号した金田一京助、蒲原有明、伊良子《いらこ》清白、中村春雨《しゆんう》、小林天眠、河井酔茗などが同人であった。

晶子が寛の妻になると、渋谷の新詩社は、同人などの出入りで、賑やかになった。滝野は貞淑な妻であったが、自由奔放な詩人たちには窮屈な感じを与えていた。

晶子は、すぐれた若い歌人なので、新詩社は、若い詩人たちのサロンという雰囲気が感じられるようになった。

「明星」は、また、このあたりから息を吹きかえし、新らしい社友もふえるようになった。若い人たちの投稿には、晶子に選んでもらいたいと指定して来る者も多くなった。寛は、自分の教え子のなかから、晶子のような、すぐれた、新らしい歌人が出たことに満足したが、人気が晶子に移ってゆくのは、やはり、寂しいことであった。

それに、鉄幹悪人説が、世のなかにひろがってゆくのも、やりきれないことであった。

美少年の蝶郎は、五つ年上の晶子を、敬慕し、また、晶子は弟のように可愛がっていた。寛の留守をねらって、晶子に逢いに来るようになった。

「水野は、まだ、十九の青年だが、都会育ちは早熟だからな。気をつけた方がいい」

寛は、不快げに晶子に注意した。

「先生は、いろんな女のひとをだましたから、いま、復讐されているんです。自分が浮気ものなので、誰でも、浮気と考えるのでしょうが、水野さんは育ちのいい甘えん坊なんですよ」

水野蝶郎は、自分の家を出て、神楽坂《かぐらざか》上の袋町にあった信陽館に下宿していた窪田空穂と、東京専門学校の吉江喬松《たかまつ》を誘い、牛込南榎《えのき》町に家を借りて、共同生活をはじめた。蝶郎も、この年に東京専門学校にはいったので、気のあった友達同士がいっしょに住んで、文学の勉強をはじめるつもりであった。

暖い家庭を離れた蝶郎は、淋しさをまぎらわすために、晶子のところに通ったが、家を棄てて来た晶子には、蝶郎の遣瀬《やるせ》ない気持が理解できるのであった。

東京大学の理科を出た兄の秀太郎は、そのまま、大学の研究室に残り、電気工学の研究を続けていたが、寛との結婚には反対で、晶子の出入りを禁じていた。

晶子は、着るものと言えば、冬ものと夏ものの二枚よりなかった。

芸術にたずさわる者が、貧乏は、当然と思っていたので、晶子は、ちっとも、新詩社の暮しは気にならなかった。

ランプの石油も粗末にできないので、応接間には、夜になっても、灯をとぼさなかった。

窓から差し込む星の光りで、ほのかに見える部屋のなかで、巻たばこをのむのを晶子は好んだ。

短歌をつくろうとするときなど、晶子は、ひとりで、暗い応接間にはいり、雑念をはらうようにしていた。

蝶郎が訪ねてきたのは、ちょうど、晶子が暗い応接間に、ひとりでいたときであった。

「晶子さん、たばこを吸うと、そのときだけ、あなたの眼が、きらきらと光ってみえる。ロマンチックな感じですよ」

蝶郎は、うわずった声で言った。

「ランプをつけましょうか。そろそろ、先生もお帰りの頃ですから」

晶子は、ほの明りに、ぼっと浮かんでいる蝶郎の顔へ問いかけた。

「晶子さんさえ、なんでもなかったら、このままの方がいいんです。暗いということは素晴しいことですね。あなたの思いだけが、僕に見えてくる。晶子さん、あなたは、ほんとうに先生との暮しに満足していらっしゃるのですか。僕は、あなたが、意地になっているとしか考えられません。たばこの灯を見ながら、ちぬの浦のいさり灯を思いだし、家へ帰りたいと考えたりしませんか。きっと、そうなんでしょう」

「わたし、そんなふうに見えて？　自らの腕《かひな》によりて再生を得たりし人と疑はで居んというのが、わたしの先生に対する気持なのよ。わたしがお傍にいなかったら、先生は、だめになってしまうと思うの。あなたも、先生を助ける気になってくださいな」

晶子は、蝶郎の手をとって、心から頼んだ。いまの「明星」は、若い人たちの手で再建しなければならないと思っていたからであった。

いつ、帰ってきたのだろうか。襖をあけて、寛は応接間にはいってきていた。

「おかえりなさい。ちっとも気がつかなくて」

と、晶子は言いながら、まだ、蝶郎の手を握っていた。

「なんだ、ランプもつけないで、こんなところに何していたんだ」

寛は、声をあらげながら、晶子と蝶郎の手を撲った。怒りに顔をゆがめて、寛は息をはずませていた。

「水野君、帰りたまえ。もう、新詩社へ出入りすることはおことわりだ」

蝶郎は、言いわけをしようともしなかった。それが、自分の気持に忠実だと思ったからであった。蝶郎は、晶子を愛していたと気づいたからであった。

蝶郎は立ちあがると、そのまま、帰って行った。

「なんですの。先生は、はずかしいと思いませんか。水野さんと、いっしょに先生をお助けしようと誓いあっていたところなのよ」

「いらないお世話だ。神代なら知らぬこと、なにも、暗いところでお誓をする必要はないだろ。あいつ、お前に気があると睨んでいたのだ。とうとう、現場をつかまれたな。水野とは、師弟の縁を切るから、そう思え」

と、寛は言った。二十九歳の寛が、十歳も年下の蝶郎に嫉妬していると、晶子は、あさましくなった。それに、口先きでは、友情があるばかりで、師弟の関係はないというのも、寛の本心でない気がした。寛は、猫をかぶった旧い男のひとりに過ぎなくて、女を同等に見てはいないと晶子は思った。

「先生って、思ったより、くだらない人ね。わたしの見込みちがいだったわ」

晶子は、もう、どうにもなれと絶望的になっていた。

寛は、足音あらく、居間に引きあげていったが、晶子は、応接間に残っていた。

神田に間借り生活をしていた滝野は、島田という女友達といっしょに正富汪洋《おうよう》のところで『源氏物語』や『万葉集』の講義を受けていた。汪洋は、本名を由太郎と言い、岡山県邑久《おく》郡本庄村の生まれで、閑谷黌《しずたにこう》を卒業して、この年、哲学館に入学していた。滝野より三つ年下であった。哲学館の講師になっていた柴舟《さいしゅう》と号した尾上八郎に就いて短歌を作っていた。

落合直文の浅香社で、寛と八郎は同門の弟子であったが、八郎は東京大学に在学中の明治三十一年に、久保猪之吉、服部躬治たちと「いかづち会」を作り、新らしい短歌の運動をしていた。

寛は、別れても滝野のことが気がかりなので、その後も、いろいろと調べたり、聞いたりしていたが、きょう、出先きで、汪洋と滝野が近く結婚するらしいという情報を耳にしたのであった。息子の萃が、これから、どんな運命を辿るだろうかと、寛は、勝手に棄てたのに、父親らしい気持の乱れに耐えがたい苦しみを感じていた。

若い汪洋が正義感から、滝野に同情して、ふたりは恋愛におちいったのだろうと思ったが、寛は、滝野のために祝福しようという気分にはなれなかった。

掌中の珠をうしなったように、寛には思われた。

晶子に慰めてもらおうと、沈んだ気持で寛は帰宅したのであった。

そこに、新詩社で、いちばん、若い蝶郎が晶子といっしょにいたので、急に荒れ狂ってしまったが、誰にも、理解されようもないことなのであった。

寛は、長火鉢の前にすわり、火箸を灰のなかに、ぶつり、ぶつりと突きさしているうちに、気持がなごんできた。

立ちあがって、寝床をとると、応接間に晶子を迎えに行った。

「さあ、いっしょに寝よう」

と寛は言った。

「いやです。勝手にさせてください」

晶子は、うつむいたまま、首をふった。涙が飛んで寛の手にかかった。

寛は、両手をかけて、晶子を抱きあげると、

「滝野は、結婚する気になったらしい」

と、耳もとへささやいた。寛は、急に晶子のからだが重さを増したように、畳の上へ坐り込んでしまった。

水野蝶郎が「明星」を離れると、窪田空穂や平塚紫袖も、新詩社に寄りつかなくなった。この三人に吉江喬松を加えた四人は、新らしく同人雑誌を出したいと思っていた。先きに、高須梅渓と一条成実が「新声」に移り、また、有望な新人をうしなった寛は、落胆したが、これは身から出た錆《さび》と思わなければならなかった。

空穂の兄融《ゆう》太郎の妻の弟市岡伝太が神田に醤油屋をやっていた。この伝太の妻の弟秋元洒汀《しやてい》は、千葉県流山の味醂《みりん》製造業者で、俳人として知られていたが、もし、雑誌を出すなら、資金を提供しようということになった。

発行所を白鳩社と名づけ、明治三十五年の五月に「山比古《やまびこ》」が創刊された。

創刊号の執筆者は、島崎藤村、太田水穂、蒲原有明、大槻如電《じよでん》、岡野知十《ちじゆう》、秋元洒汀、佐野天声、河井酔茗、蝶郎の水野葉舟、小山内薫、中沢臨川、尾上柴舟、金子薫園などであった。「明星」と同じ四六二倍判で、三十二ページの薄い雑誌であった。発行名義人は市岡伝太であった。

野にさけぶ

明治三十五年の三月、盛岡中学に新らしく赴任してきた大井一郎という教師を中心に、白羊会という短歌会が結成された。

大井一郎は、蒼梧《そうご》という号を持ち「明星」創刊当時からの投稿家であった。石川一《はじめ》（のちの啄木、この頃、白蘋《はくひん》と号していた）、金田一京助、野村長一（のちの胡堂）、などが白羊会の有力メンバーであった。

石川一は、一年上級で、「明星」の社友だった金田一京助にすすめられて、前年から社友になっていた。

上級生の及川古志郎《おいかわこしろう》（のちの海軍大将）から『東西南北』や『天地玄黄』を借りて読み、早くから著者の与謝野鉄幹に傾倒していた一《はじめ》は、鉄幹ばりの短歌を作っていた。また、鳳晶子の『みだれ髪』が出ると、早速、買って読んでもいた。

ミッション・スクールの私立盛岡女学校の生徒で、同じ歳の堀内節子と、一は、はげしい恋愛をしていた。一の成績は次第にわるくなっていた。

一が五年生になった第一学期の試験に、特待生の狐崎《きつねざき》嘉助から代数を教わっていたところを発見されて、ふたりは譴責《けんせき》処分になった。狐崎は、この事件で、特待生を解かれた。

このとき、カンニングで引っかかった生徒は五、六人いた。そのうちの、一だけが退学しようと決心したのは、狐崎に迷惑をかけた自責の念にかられたせいもあるが、もう、ひとつの節子との恋愛が大きく作用していた。

一と節子の関係は、五年生になってからは、もう、抜き差しならぬ段階に来ていた。

山村弥久馬《やくま》校長は、家庭訪問の折に、生徒が留守でも、その部屋にはいり、机の引出しなどを勝手に調べるということを生徒に申し渡した。

一との噂は、節子の通っている盛岡女学校でも問題になっていたので、ふたりは追いつめられていた。

一が、それまで、いくら送っても没になっていた短歌が、「明星」の十月号に一首採られた。

　血に染めし歌をわが世のなごりにてさすらひこゝに野にさけぶ秋
雅号は白蘋になっていた。

これが、行きづまった一を勇気づけた。一は、誰かれとなく、手あたり次第に文壇の先輩に手紙を出して、返事を貰っていたので、東京に出て行っても、文筆で、なんとか生活できそうな気もしていた。

親しいユニオン会員に、

「学校がつまらないから、やめる」

と、一は言った。

「あと半年で卒業できるんだから、辛抱したら、どうだ」

と、仲間はとめたが、一は聞き入れようともしなかった。

十月三十一日、午前に節子と逢い、午後、高橋写真館でユニオン会員五名の記念撮影をした一は、その夜、見送りの友人たちに送られて上京した。

節子は妹のたか子といっしょに見送りに来ていた。

薄暗いあかりの射すところに、人目を避けて柱によりかかりながら、節子は、そっと、列車に乗った一を見つめていた。

翌日、上野の駅についた一は、東京にいた白羊会の同人細越省一の宿にひと晩泊めてもらい、次の日に小石川小日向台町の大館という家に下宿することにした。

十一月十日、新詩社の会合が、渋谷の与謝野宅で行なわれたのに、一ははじめて出席した。

臨月にはいった晶子は、大きなお腹をせりだして、肩で息をしていた。

「君は、いくつか」

と、三十歳になった寛は、一に聞いた。

「十八歳です」

一は、癖のように左肩を少しあげて答えた。

「かしこそうな、いい額をしているね」

と、寛が言うと、

「デンビ、デンビとからかわれたものです」

と、一は答えた。デンビは、南部弁で、おでこのことである。

石川一は、岩手郡渋民村の宝徳寺という曹洞宗の住職の長男で、父の一禎《いってい》は、旧派の歌人であった。

寛と、その経歴が似ているので、一は自分の理想的な人間像を鉄幹に見ていた。

寛も、才気のある一を、好ましい若者と考えているらしかった。

「今後の詩人は、新体詩の新らしい開拓につとむべきだ」

と、寛は教えてから、

「君の短歌から、なんの創意も感じられない。短歌をやめて、新らしい詩形を発見してみたら、どうだろう。きっと、なにか、新らしい世界がひらけるかもしれないよ」

と、一に手がかりをさずけた。

元陸軍少将金子定一という人の紹介で、一は「文芸界」主幹の佐々醒雪《せいせつ》に逢っていた。

「なんだ、君は、まだ、中学生か。大学を出たら来たまえ、相談にのってやるからな」

と、醒雪は、相手にしてもくれなかった。

寛の後輩に対する温い扱いに、一は感激した。

とにかく、東京の中学に転入学しようと考えたり、また、神田の正則英語学校へはいろうかとも思ったが、一は、その前に生活費を稼ぎださなければならない状態であった。

函館に縁づいた姉サダの夫山本千三郎に手紙で泣きついて、一度、送金を受けたが、あとは無収入であった。

寛が滝野と新家庭を持ち、「明星」を創刊した麴町上六番町の、すぐ近くにできた大橋図書館に通い、トルストイの『我が懺悔《ざんげ》』を読んだり、また、森鷗外の訳した『即興詩人』など読みあさっているうちに、イプセンの戯曲『ジョン・ガブリエル・ボルクマン』を翻訳して、生活費を得ようと一は考えた。英訳したイプセンの原書ではあるが、一程度の学力では、なかなか困難な仕事であった。十一月二十二日、一は急に悪寒《おかん》を感じて、閲覧室でたおれてしまった。

下宿に帰った一は、床に寝たまま、正月を迎えなければならなかった。

一月の下旬になって、下宿料を入れることができないので、同宿の真壁六郎といっしょに追いだされた。神田錦町の安下宿にいた佐山という知人のところに寄宿させてもらったが、また、二十日ばかりで寝込んでしまった。

一は、はじめて父親に苦境を訴えると、驚いた父親は迎えに来てくれた。

無謀と言える一の上京は、散ざんな結末を見ることになり、二月の末に、寒風が吹きすさぶ東京を棄てて、渋谷村《しぶたに》に連れ戻された。

渋谷村に帰った一は、静養しながら、ワグネルの研究に没頭したり、また、ロセッチのソネットに傾倒した。蒲原有明の「独絃哀歌」を愛誦して、晩秋を迎えた。体も回復して、詩興が、しきりに湧き、詩作に没頭した。

「杜に立ちて」ほか四編の詩に、「愁調」という総題をつけて、「明星」に投稿した。

寛は、この詩のなかで、「啄木鳥」をすぐれた詩と思った。一の新らしい詩人としての門出を祝福する気持から、寛は啄木という雅号をつけて、「明星」の十二月号に発表した。

「啄木鳥」は次のような一節からはじめられていた。

　いにしへ聖者が雅典《アデン》の森に撞《つ》きし、
　光ぞ絶えせぬみ空の「愛」の火もて
　鋳《い》にたる巨鐘《おほがね》無窮のその声をぞ
　染めなす「緑」よ、げにこそ霊の住家。
　聞け、今、巷に喘げる塵の疾風《はやち》
　よせ来て、若やぐ生命《いのち》の森の精の
　聖きを攻むやと、終日《ひねもす》、啄木鳥《きつゝきどり》、
　巡りて警告《いましめ》夏樹の髄《ずゐ》にきざむ。

啄木は、この詩で、四・四・四・六調という新らしい詩形を発見したのであった。

「愁調」は、詩壇の注目をあつめ、啄木は、天才少年詩人の名をほしいままにするようになった。

啄木が、最初に新詩社を訪ねたとき、晶子の出産予定日もせまっていたが、十一月にはいって男の子が生まれた。光と名づけられた。名づけ親は上田敏であった。

翌年の明治三十六年一月に、滝野は正富汪洋と再婚した。滝野の父は、汪洋に逢って、その人柄に惚れ込み、林家の養子に迎えたいと望んだが、汪洋も長男なので、他家に出せないとことわられた。しかし、二人の決心がかたいので、戸籍法の盲点を利用して、長女の滝野が正富家へ入籍ということで、縁談がまとまった。相続人が家を出ることは、家中心の旧い法律時代は困難なことであった。媒妁人は吉川義近夫妻であった。萃は、滝野の実家に引きとられた。晶子が滝野が正式に結婚したと聞いたとき、それまで圧しつけられていた重い石が取り除かれたように気分が晴ればれとしてきた。

晶子に罪の意識があったから、そのため、苦しんでいたのではなかった。恋する寛が晶子に伝えた滝野と、自分の眼でたしかめた滝野とのあいだに、かなり隔たりがあって、寛にだまされたような気がしてきたからであった。

お嬢さん育ちの滝野が、荒れくるう詩の悪魔が巣くう寛と結婚したことが不幸な結末を招いたので、良識ある家庭の主婦としては、申し分のない女性であった。

晶子は、寛といっしょに暮してから、恋愛時代とちがった、新らしい面を発見して、滝野も、寛の気まぐれな生活振りに、付いて行くことができなかったろうと同情してもいた。

滝野は、夫の寛にあまかったような気がした。いつも、身のまわりを多くの恋人に取りまかれ、恋人とのあいだに、なにがおころうと、文句をいわせないように妻を育てようとした寛の要求に、滝野は易々《いい》と従ってきたようであった。ものわかりがいい妻とおだてられて、寛の恋愛をみとめたことから、結局は身をひくことになったのだろう。

詩の世界で、あれほど、自我を要求し、独創性を求めながら、愛の世界では、いつも、相手にばかり無償の行為を求める寛をゆるしてはならないと晶子は思った。

晶子は滝野の自分を殺した生き方に乗じて、妻の座を獲得することができたが、滝野を否定することで、妻の座を永続しようと決心した。

晶子は、いつも諦めにおわる悲劇の女主人公を書く、樋口一葉の生き方には否定的な考えを持っていた。

寛との夫婦生活をおくるうちに、出産という苦痛に耐えるように作られた女性の体質は、男性よりも、強健なものだという体験を得た。

寛のように多情な男性は、まず、性生活で圧倒し、少しの余力ものこさないところまで締めあげる必要があるように思われた。

しかし、これは晶子の体験を通した結果論で、愛する男性を誰にもわたしたくないという晶子の独占欲が先行していた。

夜の生活で、晶子が凱歌《がいか》をあげるたびに、寛の教祖的な光りが薄れ、自分が女王の位置に近づいて来るのを、晶子は、身をもって知ることができた。

歌話などで晶子の短歌を採りあげ、お筆先きを信者に解説する教師のような立場に寛が落ちてゆくのを晶子がたしかめることができたからである。

晶子は「明星」の中心になり、新詩社の集まりでも、晶子という女王に、いつも照明がしぼられていた。

汪洋と滝野の新居は、本郷丸山福山町四番地で、樋口一葉が、晩年をおくった借家のあとであった。

明治三十六年の「明星」七月号に、萩原美棹《みさお》の短歌が三首載った。美棹はペンネームで、本名は朔《さく》太郎と言った。このとき、朔太郎は数えの十八歳であった。十月に、前田林外、相馬御《ぎょ》風《ふう》が新詩社を脱退して東京純文社を結成した。林外も御風も早稲田派であった。高須梅渓に継ぐ窪田空穂、水野葉舟ら早稲田派の脱退は、「明星」の官能謳歌だけでは充されない青年たちの悩みがあったからであろう。自然主義文学の胎動がはじまっていたのであった。

この年の春頃から、寛の恩師落合直文は健康を害していた。病名は糖尿病であった。

「明星」が出たころから、弟子たちの仕事が世に認められてゆくのを見て、直文は作家の活動はやめて、学問の世界で、後進を指導しようと決心した。国語辞典『ことばの泉』の編纂《へんさん》を志したのも、そのあらわれであった。

食事療法からの栄養失調で肺をおかされた直文は、転地などしたが、国学院や国語伝習所、外国語学校、明治大学、中央大学などで教えていたから、患者らしい生活にはいることができなかった。

年の暮にはいって、直文の容態が悪化し、自分でも、再起できまいと思った。

直文は、四十三歳であった。後妻の操とのあいだに、まだ、おさない男の子と女の子の、双生児がいた。直文は、死にきれない気持であった。

七日に、妻を枕もとに呼んで、

木がらしよなれがゆくへの静けさのおもかげ夢見いざこのよねむ

と、いう歌を書きとらせた。

十五日の夜、直文は呼吸が苦しいと訴えたが、次の日の朝、八時過ぎに死んだ。

直文は、多くの弟子のうちで寛を、もっとも愛していた。寛は門下生の代表となって葬儀万端の世話をした。

明治三十七年二月六日、ロシヤ公使栗野慎一郎が、ロシヤ政府に最後通牒を手渡した。九日、瓜生《うりゆう》艦隊が、朝鮮の仁川港外で、ロシヤ軍艦ワリヤーク号とコレーツ号を撃沈し、翌十日に、ロシヤと開戦の詔勅がくだった。

日清戦争の結果、日本が手に入れた遼東半島を露、仏、独の三国干渉で、清国に還付したときから、いつかはロシヤと衝突する危険をはらんでいたが、世界の大国を相手にして、はたして、どうなるのだろうと国民は憂えていた。

晶子の実家では、妹の里が志治《しち》善友と結婚し、弟の籌三郎は藪伊平次の長女せいを妻に迎えて、父親の宗七が死んだ明治三十六年の九月に、駿河屋の後を継いでいた。

兄の秀太郎が東大の教授として、研究を続けることになったので、籌三郎が、その犠牲になったようなものであった。

籌三郎は、数えの二十五歳なので、いつ、召集令状が来るかわからないという便りを晶子に寄こした。

この一月に大阪の金尾文淵堂から、晶子の第二歌集『小扇』が出て、五月には、寛と共著の形で、詩歌文集『毒草』が本郷書院から刊行された。

晶子は妊娠ちゅうで、七月が出産予定日にあたるので、少し、大きな借家に引越したいと思っていた。そして、近くの中渋谷三百四十一番地に恰好な借家を見つけて引越した。

この月の新詩社例会から、『源氏物語』の回読をはじめることにした。

四月の十三日に、斎藤緑雨《りよくう》が、肺結核が悪化して、三十八歳で死んだ。

緑雨は、寛が落合直文の世話で、明治二十六年十一月に創刊された「二六新報」の記者になったときの同僚で、長い付きあいであった。

日暮里《にっぽり》の火葬場に行くとき、緑雨の棺側について行った友人は、幸田露伴と馬場孤蝶《こちょう》と寛の三人だけであった。

緑雨は死期にのぞんで、樋口一葉の妹邦子からあずかっていた日記を、孤蝶から樋口家に返してもらった。緑雨は、一葉の日記を、どこかの出版社に話し込んで本にしようと思っていたのであった。

毒筆と怖れられた皮肉屋の緑雨が、いかにも、その人らしい淋しい死を迎えたことに、三人は、言いしれぬ感懐をもよおして、言葉少なに故人をしのんでいた。

「馬場君は、はなやかな紅葉の死とくらべて、あまりにも、緑雨の場合はちがいすぎると慨嘆していたが、新聞、雑誌の記者は、時の敗者には冷淡なものだ」

火葬場から帰ってきた寛は、暗い顔をして晶子に言った。

尾崎紅葉は、前年の十月三十日に死んでいた。緑雨と同じ年齢であった。

寛は、三十二歳なのに、めっきりとふけて、若々しい感情をうしなったような気がした。

これは、師と仰いだ落合直文と斎藤緑雨の死に出あったせいでもあるらしかった。

日清戦争の前後の、虎の鉄幹といわれた頃がなつかしくてならなかった。

(虎の鉄幹の髭を抜いたのは、この女かもしれない)

寛は晶子を、きつい眼で見ていた。

「お父さん、こわい顔をして」

晶子は、突きだした腹を袂でかくしながら、

「登美子さんと雅子さんがいらして、お待ちでしたが、お帰りが遅いので帰りました。近くに、また、見えるそうです」

と、言った。

山川登美子と増田雅子は、この年の四月に、目白の女子大に入学した。登美子は英文科で、雅子は国文科であった。

登美子の夫駐七郎は、結婚間もなく肺結核のために、勤務先の江副商会をやめ、郷里で療養生活をおくっていたが、明治三十五年の十二月に死んだ。翌年の夏ごろまで、牛込矢来《やらい》にあった駐七郎の実家にいたが、ひとりで身をたてようと郷里に帰って、籍を抜いた。

増田雅子は、登美子よりも、ひとつ年下であったが、「明星」とは明治三十三年十一月以来の経歴を持つ同人であった。

七月に晶子は次男の秀《しげる》を生んだ。名づけ親は薄田泣菫であった。

旅順の攻略にあたっていたのは、乃木大将のひきいる第三軍であった。難攻不落といわれた二〇三高地の攻防は、肉弾戦なので、多大な犠牲を味方に強いた。晶子の弟籌三郎は、大阪の第四師団八聯隊《れんたい》にはいっていたが、この師団も、旅順包囲軍に配置されていた。

八月から、はげしい死闘が波状的に繰りかえされ、そのたびに屍の上に、また、屍が積みかさなった。第三軍が全滅しても、二〇三高地を手中におさめなければならない戦況だった。このとき、すでに行動をおこしたバルチック艦隊が大西洋を南下し、旅順にある東洋艦隊と合体して、連合艦隊を撃滅しようとしていたからであった。

晶子は、弟の籌三郎を愛していた。できたら、死なせたくないと思った。父の死にあい、晶子が堺の実家へ駆けつけたとき、兄の秀太郎は冷たく、ひと言も言葉をかけてくれなかった。

籌三郎は、しかし、晶子をやさしく労ってくれた。

この籌三郎が、もっとも激しい戦場にいると思うと、居ても、たっても、いられない気持であった。

晶子は、この気持を読んだ詩「君死にたまふこと勿《なか》れ」を「明星」の九月号に発表した。

あゝをとうとよ、君を泣く、
君死にたまふことなかれ、
末に生れし君なれば
親のなさけはまさりしも、
親は刃《やいば》をにぎらせて
人を殺せとをしへしや、
人を殺して死ねよとて
二十四までをそだてしや。

堺の街のあきびとの
旧家をほこるあるじにて
親の名を継ぐ君なれば、
君死にたまふことなかれ、
旅順の城はほろぶとも、
ほろびずとても、何事ぞ、

君は知らじなあきびとの
家のおきてになかりけり。

君死にたまふことなかれ、
すめらみことは、戦ひに
おほみづからは出でまさね、
かたみに人の血を流し、
獣《けもの》の道に死ねよとは、
死ぬるを人のほまれとは、
大みこゝろの深ければ
もとよりいかで思《おぼ》されむ。

あゝをとうとよ、戦ひに
君死にたまふことなかれ、
すぎにし秋を父ぎみに
おくれたまへる母ぎみは、
なげきの中に、いたましく

わが子を召され、家を守《も》り、
安しと聞ける大御代も
母のしら髪《が》はまさりぬる。

暖簾《のれん》のかげに伏して泣く
あえかにわかき新妻《にひづま》を、
君わするるや、思へるや、
十月《とつき》も添はでわかれたる
少女《をとめ》ごころを思ひみよ、
この世ひとりの君ならで
あゝまた誰をたのむべき、
君死にたまふことなかれ。

この詩には（旅順包囲軍の中に在る弟を歎きて）という副題がついていた。

晶子の真実吐露《とろ》は、多くの人たちの共感を呼んだが、軍国調ひと色に染めぬかれた国論を代表して、「太陽」の十月号で、大町桂月が、危険な反戦思想と見、また、皇室を侮辱するものとして、この詩を反撃した。

桂月は樗牛に代って「太陽」の文芸欄を担当していたが、かつては、鉄幹と浅香社の同門で、ふたりは、親しい飲み仲間でもあった。

桂月と鉄幹が仲たがいするようになったのは、桂月が『文壇照魔鏡』を鵜呑みにして、鉄幹の人柄を信じなくなったからであった。また、滝野のころ、新詩社に出入りしていた桂月は、晶子に好感を持ってはいなかった。

晶子は、「明星」の十一月号に「ひらきぶみ」という書簡体の文章を書いて、桂月の議論に抗弁した。「まことの心をまことの声に出だし候、とより外に歌のよみかた心得ず候」という晶子の性根を据えた態度は、「明星」で、鉄幹が、たたきこんだ詩人の生き方なのであった。

十一月十一日の「読売新聞」に、剣南子という署名で「情理の弁」を書き、桂月の考えを反《はん》駁《ばく》した人もいたが、この論争は尾をひいて、長く続きそうであった。

「そのうち、桂月のところに押し掛けて、対決するつもりだ」

と、寛は晶子に言った。

山川登美子と増田雅子の二人は、日曜日になると、いっしょに新詩社を訪ねてきた。

ふたりは、目白の日本女子大の寄宿舎にはいっていた。登美子は芙蓉寮で、雅子は精華寮であった。

「女子大にはいったのは、あなたの差金でしょう。滝野さんにも、おすすめなさったようですから」

晶子が、家出して東京へきたころ、寛は、よく、家を明けた。

登美子は、牛込の矢来に、病弱な夫の駐七郎といっしょにいることや、また、滝野が萃を連れて、神田に下宿していることで、晶子は、はっきりと目標がさだまらない嫉妬に悩まされていた。

滝野が正富汪洋と再婚したとき、晶子は、登美子ひとりを監視すればよいと思ったのであった。しかし、登美子は、郷里に帰り、小浜海岸で療養する駐七郎の看護にあたっていたので、はじめて、晶子は、落ちついた気持になった。

登美子は、駐七郎に死にわかれてから、三十六年になった半年ほど、牛込に出てきていた。

寛は、時折、外泊することがあった。

「あなた、また、登美子さんとよりを戻したのでしょ」

静かに晶子は言ったつもりだが、きつい顔になっていた。

「お前のように、順調に伸びていった人間には、落ちぶれ者の気持がわからない。僕は、お前を大きく育てあげた喜びよりも、陰の存在になった自分をはかなんでいるのだ。この気持をいやしてくれるのは、逆境に泣く登美子なのだ。少しのあいだ、眼をつぶってくれまいか」

寛は暗い顔をしながら言った。寛は、誰にはばかることなく、好きな女を、はっきり、晶子に告げた。堂々とした寛を、晶子は、りっぱだと思うのだが、すぐ、はげしい苦しみに変った。

晶子は、登美子を呼んで、

「あなたは、猫の生まれですか。昼のうちは、眼を糸のように細くして、夜になると、ちょっかいを出す、わるい未亡人だわ。あなたが、結婚するとき、なんとおっしゃいました。忘れたら、わたしから、言ってみましょうか」

と、腹にすえかねた言葉を口にした。

登美子は、

「わたしが、先生を誘惑したとでもいうんですか。わたしの小さな体につきまとって、離れないのは、あなたが大事にしている御主人なのよ。晶子さん、しっかりしてちょうだいな。自分の夫を、自分のものにできないなんて、はずかしいことですよ」

と、落ちつきはらっている。

ふたりのあいだに、粟田山のころの、少女じみた純情は、少しも残っていなかった。

「晶子さん、なにを根拠に、そんな妄想におびえているのかしら、お聞きしたいわ」

登美子は、ひらきなおった。

「あなたは、苦労したせいか、陰のある、いやな女になったのね。正直におっしゃったら、いいのに。わたしが知らないと思っておいでですの。主人は、はっきりと申しましたのよ」

寛は、秘密な火遊びを登美子に強いながら、どうして、晶子に打ち明けたのだろう。登美子は晶子に追いつめられていた。

今の晶子は、大きく成長して、もう、手がとどかないところに立っていると登美子は思った。

登美子が、牛込の駐七郎の家から郷里に戻ったとき、はじめて晶子に対する敗北感をあじわった。

きれい事に済ませて、寛を晶子にゆずったのは、まちがいだったという気もしてきた。寛のすすめで、日本女子大の英文科にはいったとき、増田雅子も、同じ女子大の国文科にはいっていた。

雅子は、大阪道修町の薬種問屋の娘で、五歳のとき生母を失ない、十三のときから継母の手で育った。最初は「文庫」の投書家であったが、明治三十三年十一月から「明星」に移った。継母は娘に学問させる気がなかったので、雅子は相愛女学校を中途退学させられ、京都の岩村男爵家に行儀見習に出されたりした。しかし、向学心に燃える雅子は、浪花女学校へはいりなおして、目白の女子大へ入学したのであった。寛が女子大にはいるようにすすめたからである。

雅子は、のんびりした気性で、継母にいじめられても、気にならないようであった。

明治三十四年一月に、大阪に来た寛が雅子と逢ってから、晶子にとって、雅子は気にかかる存在になっていた。

雅子は、寛から白梅と呼ばれる恋人のひとりであった。

この年の「明星」三月号に、
あつき〳〵みなさけの歌襟に秘めてわが世の夢は語らじな君
という雅子の歌がのった。雅子が襟に縫いこめたのは、寛があたえた恋の歌なのであった。

気のいい雅子は、登美子とすぐ親しくなった。登美子は、雅子よりひとつ年上であった。

ふたりは、いつも、日曜日には、いっしょにそろって新詩社へ訪ねてきた。

登美子は、晶子と親しそうに話しながら、時折、寛にながし眼をおくったりした。

雅子は、「先生、先生」と寛のそばにまつわりついて、人目をはばからずに甘えていた。

「雅子さんは、ほんとに無邪気な人ね。わたし、羨しいわ」

登美子は、同意を求めるように、そっと晶子に言った。

ふたりが共同戦線をはって、自分の眼をかすめ、陰で、なにかたくらんでいるかしれたものではないと、晶子は、警戒していた。

雅子は、

「晶子さん、坊やを寝かせてあげるから、その前に、おっぱいをやってちょうだい」

と、言った。

雅子は、晶子の手から飲みたりた秀を抱きとると、部屋のなかを歩きまわりながら、子守唄をうたったりした。

「わたしも、こんな赤ちゃんがほしいなあ」

雅子は、秀を寝せつけるのがじょうずであった。

「光さんも、お昼寝しましょうね」

晶子が次の間で、光と添寝しているうちに、つい、眠っていた。

登美子は寛といっしょに寝て、くすぐり笑いをしている。小さな登美子の顔が、みだりがましく歪んでいる。晶子は、なにか叫ぼうとしたが、喉をしめつけられたように声にならなかった。……

晶子は、光と添寝しながら、つい眠りこけて、夢にうなされていたのであった。体がじっとりと汗ばんでいた。

襖を距てた次の間に、寛が登美子と雅子といっしょに居るはずであったが、物音ひとつ聞えぬ静けさであった。

「あなた」

と、晶子は寛を呼んだ。

「なんだい、かあさん」

寛は、物憂げに答えた。

「光さんを寝せつけるつもりで、わたしがうたたねをしてしまったんですのね」

晶子は、笑いながら言った。晶子は、子供をさん付けで呼んでいた。

晶子は、すぐに襖をあけなかったのは、夢にみたことが、現実につらなっているような気がしたからであった。

「失礼しました」

と、言いながら、晶子が居間にはいったとき、登美子は、着物の前をあわせながら坐りなおしたところであった。

晶子は、いやな気がした。

「雅子さんは?」

と、晶子が登美子にたずねた。

「増田君か、庭へおりて、歌を作っているらしい」

寛が代りに受けとって返事をした。

「かあさん、ちょっと相談があるんだ」

「なんですの。改まった感じで、わたしが聞いて、いやなことなら、おっしゃらないで」

晶子は、心を閉じて、黙ったまま、うつむいている登美子のきれいな首筋を見ていた。

「かあさんと山川君と増田君の三人集を出版したいと思うが、どうだろうね」

「そんなことでしたの。わたしは、もっと、つらいことを考えておりましたのよ。ほ、ほ、ほ、ほ」

晶子は、うつろに笑った。

「すみません、お姉さまのお力を借りて、わたしたちの歌集を出したらと先生がすすめてくださったものですから」

登美子は、晶子を苦しめていることを知っていた。

「先生が、わたしのこと、どこへもお嫁にやりたくないんですって」

きょう、新詩社へ来る途中、雅子から言われたとき、登美子ははげしい嫉妬を感じたのであった。登美子は、晶子の悩みが身にしみてわかった。

寛は晶子と共著の詩文集『毒草』を出した本郷書院から、三人の歌集を出すように掛けあっていた。

九月、寛は移ったばかりの中渋谷三百四十一番地から豊多摩郡千駄ケ谷村五百四十九番地に引っ越していた。渋谷では、乗り物の便がわるいので、新詩社の飛躍にそなえて、千駄ケ谷へ移ろうと寛は言ったが、晶子はあやしいものだと肚のなかで思っていた。

寄宿舎にいる登美子と雅子は、門限がうるさいので、帰りを急ぐため、寛がふたりの負担をできるだけ軽くしようとして、千駄ケ谷に移ったように晶子には思われたからである。

登美子は芙蓉寮に、雅子は精華寮にはいっていた。

「明星」の九月号に「君死にたまふこと勿れ」が出て、国賊のようにさわがれたあとなので、少しは形勢を見た方がよいと晶子は思ったが、寛は、思いたったら、やめるような人でないことも知っていた。それに、ふたりに嫉妬していると思われるのも心外であった。

十一月、『恋衣』の近刊予告が「明星」に出ると、日本女子大では、強硬な態度に出て、登美子と雅子を停学処分にすることになった。

小浜から登美子の父貞蔵が上京し、また、「明星」の同人で、弁護士の平出修が、寛といっしょに学校当局に掛けあった結果、どうやら、ふたりは停学処分をまぬがれることができた。

『恋衣』が出版されたのは、明治三十八年一月であった。

このなかに、短歌の外に晶子の詩が五編のった。その一編は、物議をかもした「君死にたまふことなかれ」であった。

晶子は、戦場の弟を詠んだ詩が『恋衣』におさめられたことに、言い知れぬ満足感をおぼえた。

登美子の

髪ながき少女とうまれ白百合に額《ぬか》はふせつつ君をこそ思へ

が、「恋衣」の巻頭を飾ったことも、晶子は気にならなかった。

高村光太郎は、数えの十八歳で、明治三十三年に「明星」へ入社、翌年に、数えの十九歳の蕭々《しょうしょう》茅野《ちの》儀太郎、数えの十七歳の白蘋と号した石川啄木、三十六年には、数えの十八歳の萩原朔太郎が、美棹というペンネームで、また、三十八年には、数えで二十歳の吉井勇が、その翌年に、数えの二十二歳の北原白秋、数えで十八歳の大貫（のちの岡本）かの子が、兄の晶川といっしょに入社、四十年には、数えの二十三歳の木下杢太郎が「明星」にはいった。

将来を期待される若い歌人、詩人が明星に群れ集まるようになった。

茅野儀太郎は、諏訪中学を卒えると第一高等学校に入学、同級生には、安倍能成《よししげ》、野上豊一郎、小宮豊隆、それに森鷗外の長男於菟《おと》と乳兄弟の平野久保《ひさよし》がいた。平野は万里《ばんり》というペンネームで「明星」の同人であった。

平野万里に連れられて、千駄ケ谷の新詩社を訪ねるようになった茅野儀太郎は、寛から蕭々というペンネームを貰い、歌会に出ているうち、三つ年上の増田雅子を恋するようになった。

寛は、明治三十八年に鉄幹の号をやめて、寛の本名で作品を発表していた。

雅子は、ほっそりした撫で肩で、羽織が、ずりおちそうな華奢な女であった。

茅野蕭々は、いつも、なにかに驚いたように大きな眼をみひらき、風采のあがらない学生であった。

『恋衣』のなかに、
しら梅の朝のしづくに墨すりて君にと書かば姉にくまむか
と、いう雅子の歌がある。姉が晶子を指していることは、蕭々も知っていた。

雅子が寛の恋人であることは、新詩社のなかで疑うものもなかった。

日本女子大のなかでも、雅子は登美子といっしょに、いろんな噂をたてられていた。

茅野蕭々は、晶子に当てて雅子に対する自分の恋情を打ちあけ、寛に伝えて、ふたりがいっしょになれるようにと頼んだが、晶子は、二年も、握りつぶしていた。それは、寛が雅子の結婚に反対するにちがいないと考えたからであった。

蕭々は、安倍能成に打ちあけて相談していた。能成は、蕭々が絶望して自殺するかもしれないと危んだことが幾度もあった。

蕭々から、あまり、たくさんの便りが晶子に寄せられるので、寛が、一時、ふたりのあいだを疑ったほどであった。

平野万里も、また、玉野花子と名乗っていた鮎江さつまにはげしい恋情を持っていた。

玉野花子は、大阪の米穀商に嫁いだが、夫が放蕩者なので、別れて、母といっしょに嵯峨の天竜寺の門前に住んだこともあった。

花子が新詩社へはいったころ、山川登美子が駐七郎との結婚を決意した直後だったので、寛は、それまで登美子にそそいできた愛情の吐け口を花子に求めた。花子は、登美子よりも、すぐれた歌人になるだろうと寛は思っていた。

あらそいの家

明治三十八年の一月五日、「明星」の発行所新詩社で新年宴会がもよおされた。

元旦には難攻不落といわれた旅順も開城し、東京は戦勝気分が横溢して、国旗にかざられた町を花電車が走っていた。

新年宴会には、上田敏、馬場孤蝶、蒲原有明、洋画家の石井柏亭《はくてい》なども顔を見せた。総勢二十七、八人が出席して、盛会であった。

この中で『恋衣』の山川登美子、増田雅子が人気の中心であった。石川啄木も出席していた。

啄木は、南部弁を気にして、なるべく、話しかけないようにしながら、ただ、明るく笑っていた。

詩人の蒲原有明は、眺めたところ、ひと癖もふた癖もありそうに見えたが、話したら、前田林外よりも嫌味がないので、啄木は安心したりした。まだ、数えではたちの啄木は、自分の存在を意識しすぎていた。

女流歌人たちが、短歌にちなんで、前もって考えてきたお年玉を、作者に贈ったりした。

平野万里の「み膝に置かむ恋しくばつけ」から、美しい手毬《てまり》をひとつ、雅子がうやうやしく、万里へ渡したりした。

筆名が玉野花子と言った鯰江さつまを、万里が恋していることは、みな、知っていた。

川上桜翠には桃色の手袋、大井蒼梧には桃色木綿の長い袂が贈られて、その度に相手の短歌が詠みあげられるので、拍手や笑いが絶えなかった。

平出露花や、川上桜翠、大井蒼梧などが、急に思いついたお年玉をつくり、女性たちに贈ることになったが、登美子には「たまたま燭は百にも増さむ」にちなんで、燭台へ蠟燭十本ほどたてて贈ったのなどは、なかなかの趣向であった。

新年宴会は早くからはじまり、夜になってから、ほとんど帰ったが、寛晶子夫妻を中心に、登美子、雅子、蒼梧、万里、蕭々、啄木の八人で、徹夜の歌会がおこなわれた。

「君は詩を作りたまえ」

と寛は啄木に言った。

新詩社では、よく、一夜百首の会がもよおされた。

徹夜で、短歌をつくり、寛や晶子に指導してもらう集まりである。

最初のうちは、寛が、みな、見たり、なおしたりしていたが、いつの間にか、晶子は女性の弟子たちの作品を指導するようになった。

これは、もちろん、晶子が新詩社の中心になったせいでもあるが、夫婦のあいだにかもしだされる嫉妬の結果でもあった。

平野万里は、たしかに晶子の気に入りではあったが、ふたりがいっしょに外出して、夜の帰りが遅いときなどは、寛はあきらかに不機嫌な顔を見せた。

寛が家をあけたときなどは、晶子は眠れずに夜をあかした。

自分の感情に正直に生きた歌人夫妻は、

わが家のこの寂しかるあらそひよ君を君打つわれをわれ打つ

と、晶子が詠んだような深刻なものにもなっていた。

「一夜百首の会を、今夜、催すのはめずらしいですね」

と、蕭々は言った。

「正月だからね」

寛は、事もなげに答えて、歌をつくっていたが、啄木には初耳であった。

「先生、毎月の例会では、こんなことはないのですか」

と、啄木はたずねた。

「そうなんだ。寒いときには、燃料もかかる。それに疲れたから、休もうにも夜具がたりない。

だから、陽気のよいときだけ、一夜百首の会をやっているんだ。詩人に貧乏は付きものさ」

寛は、さばさばした調子で答えた。その傍らで、晶子も、くったくなげに笑っていた。

啄木は、新詩社の内幕が、かなり大へんなものだと思うにつけ、寛と晶子は、まことの詩人だと畏敬の念を持った。

啄木は十六行の詩と、長詩を作りかけたころ、急に疲れが出て、眼がかすんできた。

蕭々は、上眼づかいに、時おり雅子を眺め、吐息をもらしたりした。啄木は、蕭々が雅子に参っているらしいと思った。

雅子が、
　ふみしだく草をあはれと思ふごと心に君を捨てかねてけり
という歌を、晶子に見せてから、

「わたしの今の気持は、こんなところよ」

と言ってから、ころころと笑った。蕭々は、泣きそうな顔をして、雅子を見ていた。

啄木は、蕭々が雅子に飜弄されているような気がした。

「ああ、くたびれた」

と、蕭々が倒れ、寛も蒼梧も横になった。隣りの部屋で赤ん坊の秀が泣いた。それをしおに晶子が席をたった。もう、夜中の二時を過ぎていた。

「あら、先生がお風邪をひくといけませんわ」

と、雅子が言うと、登美子がかいまきを持ってきて、寛に掛けてやった。着せかけてから、登美子は、

「茅野さんだって、かあいそうよ」

と、雅子に言った。

「茅野さんは書生だもの、それに、この人なんか、どうだっていいのよ」

無雑作に言ったが、雅子の声音に愛情が感じられた。

万里、啄木、登美子、雅子の四人は、まだ、起きていて、『恋衣』を話題にしていたが、暁方になって、少し、まどろんだ。

軽い朝の食事をしてから、みな、そろって新詩社を出た。

『恋衣』は、三七判で百五十二頁の詩歌集であった。中沢弘光の装釘で、七枚の挿画がはいっていた。

巻頭に「詩人薄田泣菫の君に捧げまつる」という献詞があった。

啄木は『あこがれ』という詩集を出版したいと思っていた。これは雲をつかむような話で、別に当てがあるわけではなかった。

啄木は、東京市長の尾崎行雄に会うか、大隈重信に面会を求めて金づるを探そうと考えていた。下宿料もたまり、友人の借金もかさんだ啄木が、窮地に追いこまれながら、不可能を可能にする乾坤一擲《けんこんいってき》の手を打とうと、『恋衣』のページを繰りながら、思いをくだいていた。

啄木が盛岡の下ノ橋高等小学校時代の同級生に小田島真平がいた。真平から啄木は紹介状をもらい、真平の長兄嘉兵衛が勤めている大学館という出版社を訪ねて、出版の斡旋をたのんだ。啄木は、それまでに東京市庁に尾崎行雄を訪ね、面識があったことを大げさに言ったり、上田敏や与謝野寛が、どんなに自分の詩才を認めているかということを述べて、実直な嘉兵衛を煙にまいたりした。

嘉兵衛のすぐ下の弟尚三は銀行につとめていたが、日露戦争に応召することになり、それまでためた三百円を、なにか為めになることに使いたいと思っていた矢先きであった。尚三は生きて帰れまいと覚悟を決めていた。

こうして、五月に『あこがれ』が、小田島書房から出版されることになった。小田島書房の発行名儀人は尚三であった。

『あこがれ』には、「此書を尾崎行雄氏に献じ併て遙に故郷の山河に捧ぐ」という献詞があり、上田敏の序詞と与謝野寛の跋文に飾られているが、新人の処女詩集のせいか、ほとんど売れなかった。

啄木は、この頃、駒込神明町に手頃な借家を予約して、堀合節子との新家庭を夢みていたが、実現するはずもなかった。

無事生還した尚三は、啄木の甘い言葉に乗せられて、『あこがれ』を出したが、売行きを聞いて、相手に一杯食わされたような気がした。

本郷書院から出た『恋衣』は、翌月、再版したとき『恋ごろも』と改められ、その年の十月には、金尾文淵堂と共同出版の形で、三版になった。

金尾文淵堂の主人金尾思西は、晶子が、まだ堺にいたころからの友人で、東京へ出てからの生活をたすけるために、毎月、二、三十円の小遣をおくりつづけていた。

また、「よしあし草」の小林天眠は、晶子一家の世話を忘れなかった。

『恋衣』が出版されたとき、

「あの人には、もう、これで義理をはたしましたからね。あなたも、その気になって、しっかりしていただきたいのよ」

と、晶子は、寛につよい態度を示した。

「それは、どういう意味だ」

寛は額に皺をよせて、嚙みつくように言った。

「登美子さんは、たしかに、長いお弟子さんですけれど、特別な感情を持っていただきたくないということです。新詩社を率いる立場のあなたは、どこまでも公平でなければいけませんでしょう」

「今の自分の立場が、はたして、明星の中心だろうかね。実権は、お前の手に移っているじゃあないか。僕は、登美子やお前が、純粋に僕の弟子だったころがなつかしいのだ。登美子だって、そんな気持だろうよ。僕の正直な考えをのべさせてくれ。登美子の傍にいる方が、落ちついた気分になれるのだ。失意な自分をなぐさめてくれるのは、登美子ひとりのように思われる」

「そんなら、登美子さんが結婚するとき、あなたが男らしく闘ったら、よかった。今さら、卑怯というものですよ。わたしは、『みだれ髪』で、歌人として認められたことを悔いています。『みだれ髪』をささえていた情熱は、若い日のあやまりだったという気持です。それが、わたしに新らしい歌をつくらせる動機になっているような気がします。あなたは、あの頃の生活から、ちっとも、踏みだそうとはなさらない。それが、わたしには物たりない気持なんですよ」

「お前の忠告は、ありがたく承っておこう。しかし、それは、うわべのことで、まだ、登美子を愛していることが、お前の気にいらないということなのだ。女は、いったん、結婚すれば、それに閉じこもって、そこから、ちっとも踏みだそうとしないものなんだな。お前の立場はちがうが、女の恋愛放浪の姿を見ていると、新らしい恋を成就すれば、過去の男を忘れてしまう生物なんだな。これは、出産と育児に適合するように、神の摂理が働らいているためかもわからない。男という生きものはちがうんだ。新らしい恋人ができても、むかしの恋人を忘れることができないものなのだ。お前のいうことを聞いていると、恋愛を事務のように処理しているとしか、僕には思われないのだ。僕は、たしかに登美子を愛している。この愛に苦悩がないわけではない。『恋衣』を出してやったから、それで終ったというようなものではないのだ」

寛は登美子を愛していたのに、行きがかりで、自分といっしょになったのだろうかと晶子は疑ったりしたのも、当然なように思われた。

晶子は、寛を愛していたので、誰にも、ゆずらないという態度で押しとおしてきたことが、しかし、間違っていたとは考えられなかった。

登美子が、世間態や家門の名誉にとらわれて、自分を犠牲にしたのは、美談めくが、本質は旧い感傷主義にすぎないと晶子は信じていた。

登美子が、今さら、寛にいらないちょっかいを出すのは、成熟した未亡人の、いたずら心にすぎないような肚だたしさを晶子に感じさせた。

しかし、寛は、太陽のような晶子の陰にかくれた存在になったという敗者の哀しみをあじわっていたのであった。

晶子は多くの子供をかかえた母親であり、また、ジャーナリズムから見棄てられた夫の立場を維持するために、どんな仕事でも、抱え込み、文筆家としての収入をたかめようと、精いっぱい働らいていたので、寛のうらぶれた気持を思いみる心の余裕もなかった。

登美子と、ひそかに逢い、思い出話をしたりするのが、寛のなぐさめになっていた。

登美子が駐七郎との結婚に踏み切ろうと決心したあとに、寛は玉野花子に愛情の吐け口を求めたりした。

この玉野に、平野万里は、はげしい恋を訴えつづけてきた。茅野蕭々も、増田雅子に片想いをしているらしい。

寛が手塩にかけて育てあげ、深い愛情をそそいでいる「明星」の女流歌人たちは、若い男の弟子たちに奪われようとしていた。

寛には、登美子だけが手離しがたい相手になっていた。

日曜日には、登美子と雅子が連れだって新詩社を訪ねた。

「登美子さんは、先生に御用なんでしょう。わたしには、あなたの気持がわかりますのよ」

晶子は、意地わるい言葉をたたきつけたりした。

登美子は、気軽く雅子のように、言葉をかわす社交性がなかったから、じっと耐えていた。

「わたしの好きな先生を書斎から連れだして来ても、いいでしょ。晶子さん」

雅子は、心得たように、寛の手を引いて居間にあらわれながら、この次ぎに晶子に睨まれるのは自分の番かもしれないと考えたりしていた。

雅子は、あまり面倒なことにならないうちに、茅野蕭々と結婚した方がよいかと思ったりもしていた。

若狭生まれの名家に育った登美子には、やはり誇りがあって、晶子におもねる気はしなかった。どこまでも、行けるところまでやってみようという思いにもなるのであった。それが、晶子には図々しい女という実感を与えた。

「先生にだけ、お伺いしたいことがございますの。先生、いっしょに、お散歩してくださいませんか」

「近ごろ、また、胃の具合がわるくてね。ちょうどいい時刻だ。少し歩いてみようか」

と、寛が立ちあがった。

「あなたは、登美子さんのことなら、なんでも、すぐ、お聞きになる。登美子さん、失礼ですよ。わたしに、先生をお借りするぐらいの挨拶はおっしゃるものよ」

晶子は、肚にすえかねたように言った。

「おふたりで、どこかの部屋でお話なさったらいかが。雅子さんとわたしは、この居間から一歩も出ないようにしますから」

雅子は、晶子の勢いに気おされて、ただ、うなずいた。

「晶子さん、そんなに気になりますの。そんな思いをかけてまで、先生と散歩に出掛けようとはいたしません。これは、わたし、ひとりで考えるべき問題だったかもしれませんの。とんだおさわがせをいたしました」

登美子は、自分の膝のあたりを眺めながら言った。

寛は、やりきれないと思うらしく、檻《おり》のなかの獣のように居間を歩きまわっていた。

明治三十九年の二月に、寛は面《めん》ちょうをわずらい順天堂病院に入院したが、間もなく腸チフスで東大病院にはいった。

子供がいる晶子は、登美子と雅子に頼んで、腸チフスの隔離病院にいる寛を見舞ってもらった。

「山川さんが、第二夫人のように振舞っていましたよ」

と、晶子に報告する見舞客もいた。

登美子は、亡夫駐七郎の看護に慣れていたので、かゆいところに手が届くように看病して、寛から感謝されてもいた。

雅子は、伝染病室のような暗い雰囲気はきらいであった。

登美子が軽い咳をするようになったのは、この頃であった。

夕方になると、登美子は、灯がともったように顔が紅くなった。

「登美子さん、どこかわるいんじゃあないの。廻診のときに、先生といっしょにみていただいたら、いいのに」

雅子は心配して登美子に言ったが、返事もしないで寂しげに笑っていた。

登美子は、長いあいだ微熱がつづいていた。駐七郎の結核がうつっていたのだと気づいたが、なおして生きぬきたいとも考えなかった。

生きてみたから、どうということもないような気がした。

「僕といっしょに入院しませんか」

「先生と同じところにいられたら、わたし、死病にとりつかれても悔いません」

登美子が、ベッドにおおいかぶさるようにして、寛の手を握りながら、涙を流していたとき、晶子が、久し振りにたずねてきた。

ちらっと険のある眼つきで晶子は登美子を見たが、そのまま、寛の手を握っていた。どう思われてもいいと登美子は度胸を決めていた。

登美子は、夏にはいって喀血《かっけつ》した。療養生活のため、姉が嫁ぎ先きの京都へ行った。十一月に、茅野蕭々、吉井勇、北原白秋を連れて、伊勢、熊野に旅した寛が、登美子を見舞ったとき、かなり元気になっていた。

「遠くにいて、心配していたが、逢って安心した。前よりも、かえって丈夫になったようだ。一生のうちで、一年や二年の無駄は、大したことではない。ゆっくりと静養することだな」

と寛は言った。

「わたしの無駄は、一年や二年ではないんです。わたしは、生まれたときから、無駄をしていたようなものでした」

病床から起きあがった登美子は、髪の乱れを気にしているらしく、そっと、手で撫でたりした。

登美子が、なにを考えているか、寛には痛いほどわかった。

「年がかわったら、伏見桃山へ転地しようと思っておりますの。先生、晶子さんは丈夫でうらやましい」

「晶子は、また、ふとりだしてね。この頃は、化粧する気もないようだな」

薄化粧した登美子を見つめながら、寛が言った。

「それは自信をお持ちだからですわ。わたしなんか、からっきし、だめですの。その癖、こんど生まれるときも、やはり、女に生まれたいと思いますのよ。わたし、ばかなのでしょうか」

寛は、あなたが生まれかわったとき、いっしょになりましょうと言いたかったが、やめた。こんな軽はずみな言葉が、多くの若い女性を迷わせてきたと、寛は悔いていた。

登美子の枕もとに、朱彫の手鏡が置いてあった。

「これ、なんのためとお考えですか。熱の高い時は、静かに寝ておりますので、この鏡に空を映しとって眺めているんです。きのうだったかしら。白い雲が、東から流れてきましたの。いつまでも、それが続くんです。きっと、先生がお見えになると思っておりましたのよ」

寛の眼から涙があふれてきた。

「また、来ますよ。その前に、あなたが元気な姿で新詩社を訪ねてくれるとは思いますが」

寛は、思いを残して、東京へ帰った。

明治四十年三月、晶子は長女八峰《やつお》次女七瀬を生んだ。この双生児の名付け親は森鷗外であった。与謝野家の暮しは、決して楽ではなかった。自然主義の文学運動が、詩壇をもゆるがしはじめたからである。

翌年一月、吉井勇、木下杢太郎、深井天川《てんせん》、長田秀雄、長田幹彦、北原白秋、秋葉俊彦たちが新詩社を連袂《れんべい》退社した。

寛が詩人ではなく才の人であるとか、また、権謀の人で誠意がないことを、連袂退社の理由にあげているが、事業家的な寛は、最初から、そのように生きてきた。いまさら、問題にしてもはじまらないことであった。

寛が、いつの間にか、新らしい時代から置きさられる立場にたっていたのであった。

偉大なジャーナリストだった寛は、時代の新らしい動きを敏感に受けとめていたが、しかし、それについてゆくことができなかった。

寛は、「明星」の落城も近づいたと思わなければならなかった。

北海道へ落ちのび、釧路《くしろ》まで足をのばした石川啄木が、小説を書いて一旗あげようと上京したのは四月二十八日であった。

啄木は、前の日の夕方、三河丸で横浜に入港したが、ともかく、千駄ケ谷の新詩社に旅の草鞋をぬぐことにした。

三年振りにあう寛は、啄木をなつかしく迎えてくれたが、家のなかは火の消えたような淋しさがこめていた。

寛は、三十六歳なのに、めっきり、老い込み、神通力を失なったように見えた。

白秋や、勇のことを聞くと、

「去る者は追わず」

と寛は答えたが、内心の動揺をかくしきれないように、紙巻たばこを持った手がかすかにふるえていた。

寛は、自然主義の文学運動を、下宿の飯を食っている書生の文学だと罵倒したが、啄木は、相手になって争う気もしなかった。

啄木は、北海道の放浪生活を、愉《たの》しげに報告しながら、新詩社の沈滞した空気をかきたてようという気持になった。

「あなたの話を伺っていると、花ふぶきに打たれているような気がする」

晶子は、明るく笑いながら、芸者小奴とのラブ・ロマンスに耳を傾けたりした。

五月二日の観潮楼歌会《かんちようろうかかい》に、寛は啄木を連れて行くことになった。晶子は、啄木のために、新らしい着物を縫ってくれた。

観潮楼歌会には、竹柏会の佐佐木信綱、アララギの伊藤左千夫《さちお》、北原白秋、吉井勇、平野万里なども出席していた。

鷗外は啄木の詩を賞めてくれた。啄木は意外な知己を得て、感動した。

散会後、啄木は勇、万里、白秋と連れだって歩きながら、中央文壇の動きを聞きだそうとしていた。動坂にある万里の家で、みなが夜更けまで語りあった。

議論の中心は自然主義文学のことで、好むと好まざるとにかかわらず、自然主義文学運動が主流をしめていることを啄木は再確認した。

もう、明星のロマンチックな時代は過ぎ去り、新詩社の文壇的な位置は、完全に崩潰していた。新詩社に籍を置くことが、不利でなかろうかと啄木はあやぶんだりした。

「明星を興したのは晶子さんだ。そして、明星を滅ぼすのも晶子さんのような気がするな」

万里は、新詩社の側近らしい考えを述べた。

啄木は、小説を書いて、世の中に出ようと覚悟を決めていた。

金田一京助の下宿していた赤心館は本郷菊坂にあった。

啄木は、この下宿の二階にあった六畳間を借りて、新詩社から移った。

啄木は「菊池君」を手はじめに、小説を書きつづけたが、なかなか売れなかった。

赤心館では、朝晩の二食にありつくことはできたが、啄木は、小説が金にならないので、小遣銭がなかった。

妻子は函館の宮崎郁雨《いくう》にあずけっぱなしで、自分は金田一京助の世話になっているのだから、啄木は、生きることに絶望していた。

新詩社では、明治三十七年の十二月から、短歌添削の会金星会を作っていた。これは料金をとって、地方に住む人のために通信教授で作歌を指導する会である。初心者が多かった。

短歌二十首で三十銭の添削料であった。

与謝野寛は、金星会の仕事を貧しい啄木にやらせたが、収入は月一円ほどで、煙草銭にもならなかった。

寛は、この他に啄木を助手に使って、月五円の手当てをあたえることにした。寛は啄木の才を惜しんで、援助の手をのばしたつもりであったが、新詩社の状態が悪いので、これが精いっぱいであった。

七月の終りに、前月分の下宿料を催促された。

「うちは慈善事業をやっているのではないんですよ。あす、いっぱいに都合ができなかったら出て行ってもらいます」

と、女中が言った。

海城中学の教師のかたわら、大学院に籍を置いてアイヌ語の研究をしている金田一京助が、外出中の出来事であった。

下宿屋を飛びだした啄木は、金策の当てがあるわけではなかった。

戸塚の小栗風葉《ふうよう》を訪ねて、置いてもらうかと考えたが、家を探しだすことができなかった。

牛込山伏町に北原白秋がいた。

柳河の造り酒屋に生まれた白秋は、一軒の家を借りて、婆やと暮していた。

「風葉はすさんだ生活をしているから、君のためには賛成できないな」

と、白秋は言ったが、啄木が、どんなに追いつめられているか、坊っちゃん育ちにはわからないらしかった。

「なにか新らしい雑誌をはじめようと考えているところだ。そのときは、君も同人に迎えるつもりだ」

啄木は、そんな話も、うわの空で聞きながしていた。

啄木が下宿屋へ戻ると、金田一が待っていて、催促された下宿料を手渡して、すぐに入れるようにと言った。

浅草十二階下の淫売窟をひやかしに、金田一と啄木が行ったのは八月の二十一日であった。

啄木は、この魔窟に行くことが、一時、病みつきになり、そこへ北原白秋を誘ったりした。白秋がはじめて女を知ったのは、啄木が連れて行った十二階下の魔窟であった。

明治四十一年の「明星」七月号の巻頭に、啄木の短歌「石破集」が七ページものり、また、散文や詩も、いっしょに発表された。

啄木は、掲載誌をふところに入れて、肩で風を切って表て通りを歩きながら、小説が活字にならない肚いせをしていた。

啄木が、金田一の情けで、本郷森川町の蓋平館《がいへいかん》別荘の三階にあった三畳半の一室に引越したのは九月の上旬であった。二階の一部屋には金田一が住んでいた。

十月十一日、啄木は新詩社へ行った。

「近ごろ同人のあいだで、石川さんは賞められどおしよ」

晶子は、啄木を元気づけようとしているらしかった。

そこへ、「東京毎日新聞」の文芸欄担当記者栗原古城《こじょう》が訪ねてきた。

啄木は、三階の三畳半で暮す自分を「屋根裏の哲人」と呼んでいたが、仕事のために使うことは不利だと思っていた。

古城から原稿の件で逢いたいという手紙を貰ったとき、新詩社で面会するように連絡して置いた。

晶子は啄木の仕事がうまく運ぶように協力するつもりであった。

古城は、十一月から、「毎日新聞」に連載小説を書いてもらいたいが、主筆の島田三郎を納得させるため、最初の五、六日分を至急書いてくれないかと啄木に言った。

啄木は、夢のような気がした。狐にだまされているのではないかと、眼をこすってみたりした。

「石川さん、幸運がころがり込んできたじゃあないの。しっかり、やりなさい」

と、傍から晶子が言った。

「明星」が百号を迎えるにあたり、寛は終刊に踏みきる決心をしていた。毎月、赤字が続いて、経済的な行きづまりは、晶子の内職原稿などでは、どうにもならなくなっていた。

終刊号を、りっぱな内容にしようと寛は編集に力を入れていた。

啄木は、「鳥影」という題で、書きはじめ、十四日、古城に最初の分をわたした。二十六日になって、正式に決ったという葉書が来た。

啄木は下宿のおかみを呼んで、古城の葉書を見せながら、下宿料の払いを待ってもらいたいと頼んだ。

「おめでとうございます。お待ちいたしますとも」

と、おかみは笑顔で言った。

函館の宮崎郁雨のところに厄介になっている妻の節子は、代用教員になっていた。

十一月一日から「鳥影」の連載がはじまった。啄木は、切り抜きを節子に送った。

「明星」は第百号記念・終刊号として十一月五日発行された。

「感謝の辞」という、寛が書いた終刊の挨拶がのっていた。

わが「明星」は本号を以《もつ》て一百号に満ち、記念として此の大冊を出すに到りぬ。顧《おも》ふに、創刊以来の歳月は短しと云ふ可からず。此の間に於て「明星」の経営に数次の波瀾あり、予また多少の酸味を嘗めたりと雖《いえども》、雑誌本来の主張を支持し、新詩の開拓と泰西文芸の移植と兼ねて版画の推奨とを以て終始し得たるは、先輩諸先生、畏友諸君、読者諸氏、及び社中同人諸君が熱烈なる助成の賚《たまもの》として、茲《これ》に深く感謝を表する所なり。就中《なかんずく》、先輩諸先生畏友諸君が何等物質的の報効を計る能はざる「明星」に対し、過去九年間、常に甚深の同情を以て高稿を寄せられたるは、文界稀有の事例にして、不敏なる予が師友を有する福分の無量なるを感激せずんばあらず。

特に感謝すべきことは、先師落合直文先生、森林太郎先生、上田敏、馬場孤蝶二氏、及び、薄田泣菫、蒲原有明、長原止水、藤島武二、和田英作、三宅克己、中沢弘光諸氏に負ふ所の多大なること、是なり。是等諸家の激励と扶掖《ふえき》との有る無くば、我等如何なる邪路に行き迷ひしやも未だ知る可からず。

また、創刊の当時、同門の友人文学士某君が、予と共に債を負ひて経営の苦痛を分たれたると、大阪の紳士小林政治氏が、八年の久しき間匿名の下に毎月経費の不足を補はれたるると、東京の書肆《しょし》明治書院の諸氏が、発行及び販売の上に幾多の便宜を与へられたるとは、予の永く忘るる能はざる所なり。本号を以て「明星」を廃刊せむとするに二の所因あり。経費の償《つぐな》はざること一。予が之に要する心労を自己の修養に移さむとすること一。之を三四の先輩畏友諸氏と同社の諸君とに諮《はか》りて、今やその協賛を得たり、但し「明星」は廃刊すと雖、予が詩人としての志は、既往より当来に渉り、宛《さなが》ら一条の鉄のみ、更に十年の後、製作の上に何等かの効果あらむことを期し、以て大方より受けたる高義の万一に報ぜむと欲す。

　明治四十一年十一月、東京に於て、　与謝野寛識《しる》す。

寛は数えの三十六歳であった。

「明星」がはたした役割は、寛が考えていたよりも大きいものであったかもしれないが、「明星」といっしょに滅んだように、気持が滅入《めい》っていた。

「あなたが若い人たちを育てた情熱を、あなたのために使う、よい状態になったと思いますの」

晶子は、頭をかかえて、沈みきっている寛に言った。

「僕は純粋な詩人でないかもしれないな。詩人的なジャーナリストだったのだ。若い仲間を引き連れて、いっしょに、わいわい騒いでいるときに本領が発揮されるらしいな」

「あなたが、戦う詩の戦士であることは誰が疑うでしょう。いま、あなたは疲れていらっしゃるんですわ。当分、遊んでいらしてください」

「いや、あすは明星を発送しなければならない。石川君にも、暇があったら手伝ってくれと葉書をだしておいた」

と、寛は言った。

啄木は朝早く神田小川町の明治書院に出かけた。寛は女中を連れて、もう、来ていた。いっしょに発送の荷作りをはじめた。昼頃、平野万里が顔を見せると、寛は人力車で市内の書店へ配本に出掛けた。

寛は啄木が来てよかったと車のなかで考えていた。啄木は重苦しい空気をときほごす、ふしぎな明るさを身につけた男であった。心の弱った寛が啄木を呼んだのは、九年にわたった「明星」の終焉《しゅうえん》に、明るい灯をともしたいという思いがあったからであろう。

明治四十二年一月、「スバル」が創刊された。

新詩社の同人たちのなかで、新進の脱退組が中心になって、森鷗外をかついで新らしく出発しなおした「明星」とも言われた。

出資者は、神田で弁護士をやっていた平出露花で、編集は平野万里、吉井勇、石川啄木が交互に当ることになった。

「明星」は自然主義文学運動に、攻撃を加えたので、この不満が木下杢太郎、吉井勇、長田秀雄、長田幹彦、北原白秋、秋庭《あきば》俊彦、深井天川を連名退社に踏み切らせたのであった。

「スバル」は鷗外が名づけたもので、牡牛座にある散開星団のことである。

同人は平野万里、石川啄木、吉井勇、高村光太郎、茅野蕭々など新詩社の直系で、「屋上庭園」に拠った木下杢太郎、北原白秋、長田秀雄などが、外部から支援した。

のちには与謝野寛、晶子、上田敏なども加って後援した。

寛と晶子を「スバル」にかつぎこんだのは啄木であった。啄木は、孤立して、世にすねたような生き方をしている寛を、脱退した弟子たちと結びつけるのに、ちょうどよい立場にいた。

啄木の「鳥影」は、月三十円の原稿料を約束したが、十二月いっぱいで終ってしまった。

啄木は、もっと、長く書かせてもらえるものと思っていたが、途中で終ったので、「スバル」の編集に力を入れるようになった。

啄木は「スバル」を小説中心の雑誌にしようとしていたので、短歌を小さな六号活字に組んだので、まだ、「明星」の夢を忘れかねていた同人のあいだから、不満の声があがったが、啄木は黙殺した。

啄木が編集した二号は、万里のあとを引き受けたのだが、たまたま、この号に万里は亡妻を偲ぶ短歌を寄せていたが、これも六号あつかいされたのでおさまらなかった。

万里は玉野花子と長い苦しい恋愛ののち結婚したが、四十年の秋に病気になり、この年の一月十四日に死んでいた。玉野花子というペンネームを持った鮐江さつまは、万里よりもひとつ年上であった。万里の妻に対する愛情が深かっただけ、啄木への怒りは抗議文を書かせた。この抗議文に、

「万里君の抗議に対しては小生は別に此紙上に於て弁解する時なし。つまらぬ事なればなり。」

と啄木は書いた。

万里と親しい蕭々も、増田雅子への片恋が実をむすんで、四十年の夏に結婚していた。寛は、女弟子であり、また、恋人のように考えていた女性たちが、若い同人の男性と結婚してゆくたびに、裏切られたという感じになった。この後ろで糸をあやつっているのが、妻の晶子のような気もした。

亜鉛《とたん》をば大鋏もて切るごとくかの恋を切るこの恋を切る

寛は、こんな歌を詠んだが、大鋏に手を持ち添えて、声もたてずに、にやりと笑っている晶子の顔が、振り返ったら見えるような気がした。色が白くて、髪の毛が赤茶けた晶子が妖女のように思われたりした。

明治四十一年の正月に、療養生活をおくっていた登美子の許に、父貞蔵が危篤という報せがあった。登美子は父の死にめにあおうと、雪の深い故郷へ戻ったが、この無理がたたって、結核を悪化させてしまった。

登美子は、父と同じ屋根の下に寝ながら、ついに、父の臨終にたちあうこともできなかった。登美子は、「スバル」が創刊された年の四月十五日に、三十一歳の生涯をとじた。登美子が死んだとき、母ひとりだけが枕もとにいるという淋しい死であった。

わが柩《ひつぎ》まもる人なく行く野辺のさびしさ見えつ霞たなびく

ノオトに書き残された、この短歌を辞世の歌とみてよかろう。兄の金次郎は結核菌をおそれて、登美子の死体から蒲団を引きはぎとり、また、身のまわりの品も、いっしょに庭へ投げ棄てた。最後の一年をともに暮した弟の亮は、焼かれる前に姉の遺稿や遺品を隠した。

登美子の死を知って、寛は抑えようもない哀しみと孤独感におちいった。

五月に、新詩社月報として「常盤樹」を創刊したが、これに「山川登美子君を悼む歌」を寛と晶子がのせた。

君なきか若狭の登美子しら玉のあたら君さへ砕けはつるか
君亡しと何の伝《つて》ごと死にたるは恐らく今日の我にはあらぬか
わが為めに路《みち》ぎよめせし二少女《ふたをとめ》一人は在りて一人天翔《あまかけ》る
うらわかき君が盛りを見けるわれ我が若き日の果《はて》を見し君
その人は我等が前に投げられし白熱の火の塊《かたまり》なりき
浪速《なには》にて君が二十《はたち》の秋の日のかなしき文は血もて書かれき
君を泣き君を思へば粟田山そのありあけの霜白く見ゆ
な告《の》りそと古きわかれに云ひしことかの大空に似たる秘めごと

寛は、こんな歌をつくりながら、この世で、もっとも深く恋したひとを失なった哀しみを噛みしめていた。

晶子は、寛が、こんなにはげしく登美子を愛していたのかと思ったが、やはり、いい気持はしなかった。

五月に日吉丸書房から出した歌集『佐保姫』の巻頭に「故山川登美子の君に献げまつる」と献詞をつけたが、晶子が死者に対する儀礼的な意味を、しらじらしく感じただけであった。

ゆたかな胸に寛を抱きながら、恋の抜けがらにすぎないと晶子は思った。

虚脱したような寛をみるのが、そのくせ、晶子はつらかった。

「あなた、この頃、どうかしていらっしゃる。気分をかえるために、どこかへ引越しましょうか」

「うむ、この家にまつわりついた記憶は、僕にとっては悪夢のようなものさ。明星はつぶれるし……」

恋する女が死んだり、離れたりして、と寛は、心の中で思っていた。上眼づかいに、晶子は言葉にならぬ寛の心を読んでいるらしかった。

神田区駿河台東紅梅町に与謝野家が引っ越したのは、それから間もなくのことであった。この家は千駄谷の家の持主だった明治書院の経営者三樹《みき》が自分の社の近くに見つけてくれたものであった。

朝夕に、ニコライ堂の鐘の響きが、明るく流れてきた。

ニコライ堂の石垣の東側に沿うた坂道の中ほどにある二階建ての家は、寛に生気をとりもどさせたようであった。

新詩社で、週二回、『万葉集』と『源氏物語』の講義をはじめた。晶子が寛のために考えたもので夫婦ふたりで講義した。たまに上田敏が講義に加わることもあった。九月に、小林政治から、『源氏物語』の現代語訳を晶子に頼んできた。晶子が家の中心になって働らいてゆくのを助けようという気持からであった。晶子は姙娠していた。出産の予定は、来年の二月ということであった。

『相聞《あひぎこえ》』という歌集を、晶子は出そうと考えていた。明治三十五年以後八年間の寛の歌集で、晶子は、作品の取捨選択から浄書などを、一手に引き受けて、身重な体を酷使していた。明治書院とのあいだに出版の話ができていた。

晶子は与謝野寛の歌集のなかで『相聞』が最高の位置をしめるにちがいないと確信していた。

「今は自然主義文学でなければ文学にあらずという時代だ。人気なんて、でたらめなものだからなあ。君に苦労をかけて出た歌集が評判にならないと思うから、気の毒なんだ」

「なにをおっしゃいますの。あなたは新らしい詩歌の草分けをなさった、わたしの先生じゃあございませんか。あの頃の自信を、もう、一度、取り戻していただきたいのよ」

晶子は激情にかられて、涙を流していた。

「新らしい時代を作った人間は、自分が作った時代にそむかれる。これは、どうしても、逃れることができないものらしい」

まだ、三十七歳なのに、寛の行手はさえぎられているように思われた。

夫の手を引いて、多くの子供たちを抱いたり、背負ったりしながら、晶子は、長い道を歩いてゆく覚悟を決めていた。

黄金の釘

東紅梅町から中六番町、富士見町と借家ぐらしを続けた寛と晶子は、昭和二年九月、東京市外井荻村下荻窪に新らしい家を建てた。寛が五十五歳、晶子の五十歳のときであった。五百坪の敷地に、西洋風の五十坪の母屋と、別棟の冬柏亭という日本間と二階建ての洋館が外廊下でつながっていた。

竹林の左隣りに戸川秋骨《しゅうこつ》の屋敷があった。

冬柏亭の書斎から建て増した六畳間を病室にして、晶子は寝ていた。

昭和十五年の五月、晶子は湯殿で倒れた。脳溢血であった。八月にはいって病状は悪化したが、どうやら、持ちなおしたけれども、腕が不自由になった。

昭和十六年、十二月七日の晶子の誕生日を、知人や弟子たちを呼んで冬柏亭で催すことになった。

言いだしたのは、半身不随の晶子であった。

「道子さん、わたしの誕生日をやってくださるでしょうね」

と、次男秀の妻に言った。外務省に勤めている秀一家が、いっしょに住んで、道子が晶子の世話をしていた。こんな話が出たのは、十一月にはいったころで、戦争で物資が欠乏していたから、嫁の立場にとっては難題を持ち掛けられたようなものであった。

道子は、晶子が誕生日を忘れてくれたら、どんなに助かるだろうと思ったが、計画を進めて、毎日のように、繰り返した。

村上という付添看護婦も、道子と顔を見あわせて、途方にくれていた。

「そんなことは無茶だ。いったい、ママが食堂で会食もできないだろうし、誕生日に家族が病室にあつまって、なにか喜ばれることをするのが、この時勢ではやっとのことです」

秀に相談を持ち掛けた道子も、同じ気持であった。

配給制度で、珍らしい食料を手に入れることができないことは、晶子も知っていた、ただ、長いあいだ病床にいるので、実感がわかないのだろう。

「できないかもしれませんが、お母さまのおっしゃるとおりにします」

道子は、子供をあやすように晶子に言った。

麻布の興津庵《おきつあん》は、晶子が長らくひいきにしていた店であった。道子は、そこに頼んでみることにした。

「考えさせていただきます」

と興津庵の主人が言った。

二、三日経って、

「先生のお祝いのことですから、させていただきます。このありさまではお気に入るようにはできかねますが……」

という返事が先方から来た。

(それ、ごらんなさい)というように、謎のような笑いをうかべて、晶子は道子の報告をきいていた。晶子は、すっかり白くなった髪を断髪にしていた。

この五月に、寛の七回忌が終っていた。次の十三回忌まで、生きていられようとは、晶子は思ってもいなかった。死がま近かにせまっていると晶子は考えていた。

脈が六十を切るという異常体質のせいか、寛は、いつも、感情にむらがあった。急に怒りだしたりした。他人と融和することができない性格であった。晶子は、よく、いっしょに暮してきたと思うこともあった。

道子といっしょに暮してから、病床のなかで、寛よりも、わがままなのは、自分ではなかろうかと晶子が思うようになった。

寛が自分と結婚したために、自由奔放な神通力を失なったようにも思われてきた。

寛の『相聞』は、すぐれた歌集なのに、それほど世評にのぼらなかった。晶子が、寛を失意の谷底に突きおとすために、『相聞』を出したような悔いを感じた。

晶子は寛をヨーロッパに旅だたせて、自由に振舞わせてみたいと思った。

「わたしの眼の前で、恋人を作ったりするものですから、あなたと血みどろな争いになったけれど、あなたにも、女を恋する権利はあるはずだと思います。遠いパリあたりで、はめをはずして、元気を取りもどしてください」

と晶子がすすめた。寛は、晶子の気持をはかりかねているらしく、

「外国に無銭旅行はできないからな」

と言った。

「わたしが金は作ります。このままでは、あまりにもみじめです」

晶子は、寛をあまりにも圧しつぶしていたという反省が、しずかに、はじまっていた。

明治四十三年十一月に、寛は熱海丸でヨーロッパに旅だった。晶子は自作の百首を金屛風に書き、また、半切《はんせつ》軸物の頒布《はんぷ》会で寛の外遊費を調達することとした。

晶子は、遠くに離れた寛が恋しくてならなかった。

多くの女弟子たちが、寛に慕い寄る気持もわかるような気がした。

晶子が、家出して、寛といっしょになったころが、なつかしく偲《しの》ばれたりもした。

翌年五月に、晶子は、シベリヤ経由で、寛のあとを追い、パリに赴《おもむ》いた。

ふたりは若い恋人同士のようであった。

　ああ皐月《さつき》仏蘭西の野は火の色す君も雛罌粟《こくりこ》われも雛罌粟

　三千里わが恋人のかたはらに柳の絮《わた》の散る日にきたる

晶子の短歌の手帖は、異国の風物に刺激されて、すぐに埋まっていった。

晶子は車椅子に腰をかけて、病室から食堂に静かに運ばれながら、生きていたころの寛のことを、しきりに思いだしていた。

参会者は杯をあげて、晶子の誕生日を心から祝ってくれていた。晶子は、寛が行った極楽へ、もう、辿りついたように、夫と心を通わせているので、生きながら、自分の華麗な葬式を眺めている感じになっていた。

正規な学歴のない自分たちが、西村伊作を中心にした文化学院の創立者に加えられたり、また、寛が慶応義塾大学の文学部教授になって、国文学と国文学史の講座を持ったのも、夢のような出来事であった。

正宗敦夫と自分たちで『日本古典全集』という大きな仕事もした。

ただ、夫は学者というよりも、詩人として成功したのだが、天才だったので、早く認められ、早く散っただけのことなのだ。

（あなたは、りっぱに生き抜いたのですよ）

と晶子は車椅子の上から、寛に呼びかけたい衝動にひかれた。

さて、わたしはどうだったろう。十一人の子供たちを育てあげながら、蚕《かいこ》が糸を吐くように幾万首か数えきれない短歌を作り、詩を詠み、小説を書き、随筆、感想、童話と手あたり次第に活字にして、一家を支えてきた。

『源氏物語』の現代語訳は、三度も稿を改め、また、『栄華物語』の現代語訳や、寛といっしょに、『和泉式部歌集』の評釈などもした。新聞雑誌の短歌の選にも当らなければならなかった。

（わたしは、倒れる日まで働らき抜いたのだから、もう、思い残すことはないが、死は、やはり、おそろしい。死ぬという形が、きたならしいからだろうか）

晶子は、参会者と明るい挨拶をかわしながら、死の影におびえていた。

外務省から遅く戻った秀は、

「ママ、おめでとう、お疲れにならないうちに、病室へさがっていただきましょう。僕が代わりをつとめますから」

と、晶子に言った。

車椅子が動きだしたとき、静かに拍手がおこり、波紋のように、ひろがっていった。

晶子は、手を振って、それに答えようとしたが、思うように動かすことができなかった。

「道子さん、御苦労さまでした。私にかまわず、食堂のお客さまのことをしてください」

道子は、医師の注意もあったので、あとが心配であった。

「じき、お部屋にまいりますからね」

看護婦に頼んで食堂に行くと、

「秀さん、戦争はどうなりますか」

と誰かが訊ねていた。

「今晩あたりが、楽しい夜の最後かもしれませんね」

と、秀がきびしい表情で言った。

昭和十七年の一月にはいって、晶子の病状は悪化した。

「今度は、もう、だめなようです。道子さん、わたしが死ぬとき、しっかり、からだを抱いてくださいよ」

と晶子は頼んでいたが、五月には尿毒症を併発し、十八日から昏睡状態におちいった。

晶子は、なにを夢みているのか、笑ったように見えることもあった。二十九日、晶子は安らかに息をひきとった。享年六十五歳であった。

多くの子供たちは、好きだった温泉旅行に出掛けるように、棺のなかに着換えや、原稿用紙、万年筆、眼鏡などを入れた。

法名は白桜院鳳翔《ほうしよう》晶耀《しようよう》大姉、導師は京都鞍馬寺の住職信楽《しがらき》真純であった。多摩墓地の寛の傍らに葬られた。

白は寛が好んだ色で、まだ、晶子が恋人のころ白萩と呼ばれていた。晶子は白い大島桜を愛していたので、院号に自分が選んで付けていた。

劫初《ごふしよ》よりつくりいとなむ殿堂にわれも黄金《こがね》の釘一つ打つ

と、歌ったように晶子は新らしい詩歌の女王らしく生き抜いて死んでいった。

あとがき

藤沢桓夫《たけお》さんが、大阪の出版社から話しがあったから、与謝野晶子の伝記を書きおろさないかとすすめてくれたのは、昭和十六年の晩秋であった。私は、さっそく、準備にかかったが、はげしい戦争が、この計画を吹きとばしてしまった。

共立女子大学の文芸学部で、私の講義をきいていた甲斐きみ乃という女子学生が『みだれ髪』を卒業論文に採りあげ、私が指導しているうちに、晶子研究が進んだことに眼をみはったものである。昭和三十六年のことであった。

一昨年の秋、私の親しい友だち中村外喜男が堺拘置所所長になっていたのを、久しぶりに訪ねた折、しきりに与謝野晶子が書きたくなって、いっしょに駿河屋の跡などを歩きまわったりした。

光風社書店の豊島澂《とよしまきよし》さんが、それを知って、小説『みだれ髪』の書きおろしを頼みに来られたとき、私は急に返事をすることができなかった。ちょうど、別な長篇小説を書きおろそうとしていたときで、私は気が向かなかった。今年の二月であった。光風社書店が、製本所で仕上ったばかりの本が火災にあい、少しばかり苦境だったから、思いなおして引き受けることにしたが、テレビで『みだれがみ』がはじまり、そのため、書き悩んだ。際もの出版にはしたくない、私の『みだれ髪』を書けばいいのだと私に言い聞かせながら、資料をあさり、私流な、わがままな解釈をして、ともかく、一冊にまとめあげることができた。

与謝野寛と晶子が新らしい詩歌の運動をはじめ、すぐれた作品を残したけれども、その評価が、あまり高くないことに、憤りを感じた。これが推進力にはなったが、この小説であつかった人間群像は、決して、明るくないばかりか、醜い面も含んだ結果になったことに、縁故者の寛恕《かんじょ》を乞わずにはいられない。資料の調査は尽したつもりだが、その操作によって小説化された人間の考えや動きは、すべて、私の創意によって生まれたものである。実名から離れた別箇の存在と考えて戴きたい。

この作品を書くにあたって、特に利用させてもらった資料を左に掲げて、感謝の意を表したいと思う。

伊藤整著『日本文壇史』
塩田良平著『明治女流作家論』
佐藤亮雄編著『みだれ髪攷』
正富汪洋著『明治の青春』
兼常清佐著『与謝野晶子』

与謝野道子著『どっきり花嫁の記』
杉森久英著『啄木の悲しき生涯』
入江春行著『与謝野晶子書誌』
伊東圭一郎著『人間啄木』
則武三雄著『北荘文庫版・郷土文学散歩』

本文引用の詩歌は、作者がおのずとわかるように配慮したが、与謝野寛、晶子の詩歌がどうしても多く使用されたことを銘記しなければならない。また、執筆中の疑問で、共立女子大学の本林勝夫教授の示教に負うところが多かった。感謝に堪えない。

光風社書店のみなさまの厚意がなかったら、小説『みだれ髪』は、書きおろすことができなかったであろう。

昭和四十二年七月七日夜

和田芳恵

P+D BOOKS ラインアップ

大陸の細道	木山捷平	●世渡り下手な中年作家の満州での苦闘を描く
若い詩人の肖像	伊藤 整	●詩人の青春期の成長と彷徨記す自伝的小説
小説 大逆事件（上）	佐木隆三	●近代日本の暗部を象徴した事件に迫る
淡雪	川崎長太郎	●私小説家の〝いぶし銀〟の魅力に満ちた9編
女のいる自画像	川崎長太郎	●私小説作家が語る様々な女たちとの交情
暗い流れ	和田芳恵	●性の欲望に衝き動かされた青春の日々を綴る

P+D BOOKS ラインアップ

小説 みだれ髪　和田芳恵　●著者の創意によって生まれた歌人の生涯

なぎの葉考・しあわせ　野口冨士男　●一会の女性たちとの再訪の旅に出かけた筆者

暗い夜の私　野口冨士男　●大戦を挟み時代に翻弄された文人たちを描く

故旧忘れ得べき　高見 順　●作者の体験に基く〝転向文学〟の傑作

貝がらと海の音　庄野潤三　●金婚式間近の老夫婦の穏やかな日々を描く

せきれい　庄野潤三　●〝夫婦の晩年シリーズ〟第三弾作品

P+D BOOKS ラインアップ

遠い地平・劉廣福	八木義徳	●悔恨と哀しみに満ちた若き日々を回想する
冬の宿	阿部知二	●映画化もされた戦前のベストセラー作品
天上の花・蕁麻の家	萩原葉子	●萩原朔太郎の娘が描く鮮烈なる代表作2篇
閉ざされた庭	萩原葉子	●自伝的長編で描かれる破局へ向かう結婚生活
輪廻の暦	萩原葉子	●作家への道を歩み出す嫩。自伝小説の完結編
海軍	獅子文六	●「軍神」をモデルに描いた海軍青春群像劇

P+D BOOKS ラインアップ

達磨町七番地　獅子文六　●軽妙洒脱でユーモア溢れる初期5短編収録

がらくた博物館　大庭みな子　●辺境の町に流れ着いた人々の悲哀を描く

暗夜遍歴　辻井喬　●母への痛切なる鎮魂歌としての自伝的作品

オールドボーイ　色川武大　●〝最後の小説〟「オールドボーイ」含む短編集

夜風の縺れ　色川武大　●単行本未収録の39編と未発表の「日記」収録

曲り角　神吉拓郎　●人生の曲り角にさしかかった中高年達を描く

（お断り）

本書は1967年に光風社書店より発刊された単行本を底本としております。あきらかに間違いと思われるものについては訂正いたしましたが、基本的には底本にしたがっております。また、一部の固有名詞や難読漢字には編集部で振り仮名を振っています。

本文中には帰化人、部落、召使、めくら縞、傷もの、朝鮮芸者、曖昧屋、女中、盲児、乞丐児、一膳飯屋、飲屋、妾、私生子、庶子、処女歌集、娼妓、夜鷹、精神病、書生、未亡人、国賊、淫売窟、看護婦などの言葉や人種・身分・職業・身体等に関する表現で、現在からみれば、不当、不適切と思われる箇所がありますが、著者に差別的意図のないこと、時代背景と作品価値とを鑑み、著者が故人でもあるため、原文のままにしております。差別や侮蔑の助長、温存を意図するものでないことをご理解ください。

和田 芳恵（わだ よしえ）
1906年（明治39年）4月6日―1977年（昭和52年）10月5日、享年71。北海道出身。1963年『塵の中』で第50回直木賞を受賞。代表作に『一葉の日記』『接木の台』など。

P+D BOOKS とは

P+D BOOKS（ピー プラス ディー ブックス）とは
P+Dとはペーパーバックとデジタルの略称です。
後世に受け継がれるべき名作でありながら、現在入手困難となっている作品を、
B6判ペーパーバック書籍と電子書籍を、同時かつ同価格で発売・発信する、
小学館のまったく新しいスタイルのブックレーベルです。

小説 みだれ髪

2022年5月17日　初版第1刷発行

著者　和田芳恵
発行人　飯田昌宏
発行所　株式会社　小学館
〒101-8001
東京都千代田区一ツ橋2-3-1
電話　編集　03-3230-9355
販売　03-5281-3555
印刷所　大日本印刷株式会社
製本所　大日本印刷株式会社
装丁　おおうちおさむ（ナノナノグラフィックス）

ISBN978-4-09-352440-7

P+D BOOKS